AF190791

1

Johan Jonsson

# Pensionat Blåklockan

Förlag: BoD – Books on Demand, Stockholm, Sverige
Tryck: BoD – Books on Demand, Norderstedt, Tyskland
ISBN: 9789180076906

# Förord

Det är natt. Mörkret har fallit och du har lagt dig ner för att sova. Hur ofta har du inte hört knäppande ljud, kanske sett saker där borta i hörnet av rummet som har en silhuett som en människa? Kanske inte så mycket i vuxen ålder, men hur var det när du var barn? Du tänder lampan och ljudet du nyss hörde är borta och det där som såg ut som två ögon i hörnet av rummet är plötsligt borta. Silhuetten visade sig bara vara din morgonrock som legat slarvigt slängd på byrån. Ibland spelar mörkret spratt med oss. Vi skärper våra sinnen om kvällarna när vi ligger där i våra sängar och ska sova. Otäcka tankar smyger sig på oss och vi känner oss osäkra och rädda. Men för vad? Ditt sovrum är ju precis som vanligt fast mörkt, kanske du tröstar dig med för att återigen våga släcka lampan och försöka sova. Men du har säkert också tänkt på att det kanske händer saker när det är mörkt. Tänk om mörka krafter trivs där inte ljuset finns? Det kanske är just då, när mörkret börjar infinna sig som de vågar sig fram. Finns det spöken på riktigt? Finns demoner på riktigt? Det där man har sett på filmer om demoner som ska drivas ut från hemsökta hus, kan det vara så i verkligheten, eller är det sådant som bara är på film? Tänk om demoner finns. Tänk om… en liten liten spricka har öppnats av misstag av någon anledning mellan vår värld och en annan, där betydligt mer ondskefulla varelser finns? Tänk om de kommer och besöker vår värld när mörkret faller sig på? Vad skulle de i så fall kunna ställa till med? Vad kan hända? Det här är ingenting att skämta bort. Jag vet att demoner finns, för jag har med egna ögon sett en besatt pojkes ögon blinka precis som en ödla. Du vet, det där vita tunna skyddsögonlocket som en del djur har, och de där avlånga pupillerna. Jag glömmer aldrig hur han stirrade på mig och väste åt mig med en röst som inte liknade någonting annat jag hört i hela mitt liv! Jag får rysningar bara jag tänker på det där barnet. I själva verket var det inte pojken som väste, det var demonen som lät. Pojken var i princip redan död. Hans själ var tagen av demonen, det var bara kroppen kvar. Pojken överlevde aldrig. Jag såg hur något svart, slemmigt lämnade kroppen samtidigt som pojken segnade ner på golvet och slog i huvudet med en hård smäll. Få av besatta människor överlever om de väl har blivit besatta. Demonen suger livskraften ur dem. Man gör allt för att tysta ner fallen med de som har dött av demoner. "…har hastigt avlidit", "…efter en kort tids sjukdom" brukar det stå, men i själva verket har något ondskefullt som inte borde finnas i vår värld, tagit över dess kropp och konsumerat den till personen dör av psykisk och fysisk utmattning. Jag vet inte vad de är ute efter. Kanske är det bara att få konsumera den själ som personen har, vad vet jag. Det är hemskt att se. Jag har sett det själv och jag hoppas att jag aldrig mer kommer att få uppleva det igen. Det har gått många år sedan jag såg den där pojken med ödleögonen, men jag får fortfarande mardrömmar om honom.

Jag är så tacksam att min doktor fortfarande vill skriva ut sömntabletter åt mig och jag kan lova er att jag aldrig skulle få för mig att somna med lampan släckt. Jag tänker aldrig ta den risken, för man vet inte vad som kan hända. Jag vet vad som finns där ute - det vet inte du, men jag vädjar till dig, ha åtminstone en svag lampa tänd när du ska sova.

Det som hände de tre ungdomarna i den här boken var någonting liknande. Jag vet inte i detalj, men de filmsekvenser som polisen fann på brottsplatsen hamnade av misstag på Darknet, och det var där jag såg ohyggligheterna. Jag önskar att jag aldrig hade sett det…

Nu har jag nämnt demoner, men jag vill nämna något om spöken med. Men vad är ett spöke egentligen? Jag kan lova dig att det inte är ett vitt lakan med hål för ögonen som rasslar med kedjor i alla fall. Men du kommer bli varse om vad ett spöke är, om du läser den här boken. Om du har det minsta tvivel så kan jag redan nu lova dig att spöken finns. Egentligen är det inga konstigheter. Jag har själv aldrig sett något spöke men märkt av dem där jag bor. "Någon" satte sig i min säng en sen kväll när jag försökte sova. Jag kände hur sängkanten trycktes ner, men när jag vände mig om så fanns ingen där. I samma ögonblick blev hela rummet ett par grader kallare. Jag tror helt enkelt det var någon död släkting till mig som bara ville sitta en stund bredvid mig, kanske övervaka och se till att jag hade det bra, inte vet jag. Men det är vad ett spöke är, någon som kan vandra mellan dimensioner mellan det som är nu och vad som är när man inte längre finns till. Inte alls konstigt om man tänker efter.

Låt mig ge ett exempel: Säg att du sitter i bilen och lyssnar på P3. En låt börjar men du gillar inte låten så du byter till Rix FM säger vi. Du böjer dig fram och ändrar från 99,0 mHz till 106,7 mHz, som är en av Rix FM:s frekvenser. Vips, så hör du vad som spelas på deras kanal. Men medan du lyssnade på P3 så vet du ju att det spelas musik för fullt på Rix FM fortfarande, men du hör ingenting av det, för du lyssnar på en annan frekvens, eller hur? Det innebär ju att låtarna från båda kanaler finns i etern samtidigt, fastän du bara kan höra en frekvens i taget. Samma sak är det med det vi ser. Människors synspektrum är inte mycket att skryta med, vi ser bara mellan vissa frekvenser. Vem vet vad som döljer sig bland alla andra frekvenser? Det vi i dagligt tal kallar för spöken, finns någonstans i en frekvens där vi har svårt att uppfatta dem, men ibland ändrar de frekvensen och då kan vi både se, höra och märka av spökena. Tänk noga efter, visst har du någon gång sett någonting som du inte riktigt kan förklara, men skakat bort tankarna snabbt och tänkt för dig själv att det där jag såg, det var nog bara en synvilla. Eller den där parfymdoften som din mormor alltid brukade ha, som du kände när du satt och kollade på tv alldeles för dig själv, varför kände du den? Trots att du var helt ensam och ingen annan i familjen använder den doften. Du viftade säkert bort den känslan och tänkte att det säkert bara var inbillning. Ta ett djupt andetag och känd dig belåten, din mormor var säkert hos dig den kvällen. Hon ville förmodligen bara hälsa på och se att allt var bra med dig. Spöken är sällan farliga, det är bara personen som ännu inte riktigt kommit över till andra sidan ännu. Till Himlen alltså. Jodå, Himlen finns på riktigt, det behöver du inte tvivla på.

Låt mig ge dig ett annat exempel. Vår trappa knakar kraftigt när man går i den. En kväll när jag skulle sova så knakade det i den. Jag trodde det var någon av mina döttrar som kom upp och ville sova hos oss, så jag väntade på att vår sovrumsdörr skulle öppnas. Men ingen kom in. Jag klev snabbt ur sängen och gick upp och kollade, men ingen fanns i trappan och alla sov utom jag. Dessutom var huset larmat. Vem det var som gick i trappan så att den knakade vet jag inte, men någon var det. Kanske någon som hade haft sitt hus på vår tomt för länge sedan just där vårt hus nu står, eller så var det kanske någon släkting till mig som ville kolla att allt var bra med mig, jag vet inte. Men en sak vet jag, trappan knakar inte av sig själv. Det jag skriver nu är ingenting jag hittat på, allt är helt sant. Jag ljuger inte och har heller ingen anledning till det. Jag har varit med om flera andra märkliga saker i vårt hus. Även min fru har varit med om oförklarliga saker och inte heller hon ljuger om sådant. Så kom inte till mig och säg att spöken inte finns.

# Kapitel 1

Fredrik tittade på klockan. Den var snart halv tre på natten. Han satt ensam kvar i det stora, gamla biblioteksrummet på herrgården utanför Bollnäs. Det var kallt i rummet och han hade tagit på sig sin jacka för att inte frysa. Det luktade gammalt här. Det enda som lyste i det svala rummet var lysdioderna från alla de olika instrument som stod uppställda lite varstans i rummet. Här fanns rörelsedetektorer, K2- mätare, en parascope- mätare, en Sony CX405 Full spectrum videokamera och EMP-mätare. Förutom detta fanns även en vanlig mobil på stativ som han kunde filma sig själv och runtom i rummet med, som senare skulle bli material till deras Youtube-kanal, Project Ghostlights. Han började bli riktigt sliten nu och ville helst av allt bara gå och sova. Visserligen hade EMP-mätaren gett utslag några gånger under natten, men det brukade den göra när de var ute på spökjakt. Det enda som brukade hända när EMP-mätaren gav utslag är att några lampor tänds på instrumentet. Emma, som var den av dem i gänget som var ansiktet och rösten utåt på deras Youtube-kanal, försökte alltid göra det så intressant som möjligt. "Ojojoj, nu händer det grejer här minsann! Kolla på mätaren, vad den rör sig!" brukade hon säga med så mycket inlevelse hon bara kunde. Allt för att locka så många tittare som möjligt. Men faktum var att det inte hade hänt så mycket här på herrgården som de hade hoppats på. Ägarna till herrgården hade sagt att det brukar trilla ner böcker från bokhyllorna var och varannan natt, min tydligen inte denna natt. Fredrik suckade. *Om bara tittarna fattade vilket jobb vi lägger ner för varje hemsökt ställe vi besöker. Om de ändå visste vad vår utrustning kostar, vilken tid det tar att rigga upp all utrustning, vad vi lägger ut i bensin och matpengar för varje jäkla ställe… Tur man fortfarande bor hemma hos morsan, annars hade vi aldrig haft råd att hålla på så här. Pengar tjänar vi, men inte tillräckligt för att försörja oss alla tre med en dräglig lön. Måtte vi ändå snart få ett fall som ger oss lite fler tittare så vi kan hålla på lite till. Fan, jag vill ju också kunna leva på detta, precis som Jocke och Jonna. De är väl miljonärer vid det här laget. Jag vill inte ställa mig på något jäkla industrigolv och jobba tvåskift! Jag vägrar! Jag vill tjäna pengar på det jag tycker är roligt och det är just detta, att filma och dokumentera hemsökta platser runtom i Sverige tillsammans med mina vänner. Men det är klart, då gäller det också att vi kan leverera intressanta saker till våra tittare. Emma är jätteduktig på att vara vårt ansikte utåt och att få våra projekt att verka intressant. Men det går ju inte att få alla våra fall till att verka intressanta. Det går ju liksom inte att göra tårta av skit, som hon sa den där regissören. Finns det ingenting som ger utslag så finns det inte. Våra tittare kräver att det händer någonting. De vill se att mätarna ger utslag, de vill höra röster, de vill se skumma skuggor i bakgrunderna, de vill se tavlor som ramlar ner från väggarna. Men det var länge sedan nu vi hade ett riktigt hett fall och risken är att våra tittare börjar droppa av. Fast det är väl bara att gilla läget antar jag. Tur man inte är mörkrädd.*

Han tittade på klockan igen. Om en liten stund så skulle Ole komma och byta av honom. Tyvärr skulle han inte ha någonting av värde att rapportera under sin vakt. Den gamla herrgården var allmänt känd i kommunen för att "Vita Damen" strök omkring här, särskilt i biblioteket, sades det. På nätet kunde man läsa att hon skymtades redan på slutet av 1880-talet för första gången och sedan dess setts av åtskilliga vittnen. Flera gäster hade under årens gång med egna ögon sett en vit skepnad i biblioteket och hört böcker falla ner till golvet. Men hon verkade inte behaga visa sig denna natt, till gängets stora besvikelse.

De byttes av, växlade några ord och sedan gick Fredrik och la sig medan Ole satte sig i den bekväma gamla fåtöljen som fanns i rummet.

Morgonen efter åt de frukost i herrgårdens matsal under tystnad. Ägaren verkade uppriktigt lika besviken som de själva var över att inte ha fångat något av intresse på sina instrument. Fredrik hade erbjudit ägaren att de kunde stanna en natt till, men avböjde då det skulle arrangeras en större fest på herrgården samma kväll.

Kort därpå satt de alla i bilen på väg hem till Uppsala igen. Fredrik körde som vanligt deras gemensamma gamla Volvo S40 med dess stora Project Ghostlights- logga på båda sidorna av bilen. Allt för att göra reklam för sig själva och för att väcka uppmärksamhet. I baksätet satt Ole och Emma. Emma Petterson var Fredriks yngre syster och var nitton år. Hon hade halvlångt, blont hår med pigga blå ögon. Alltid glad och skrattade ofta och gärna. Intressen för det övernaturliga hade hon haft så länge hon mindes. När hon var yngre skrev hon ofta små spöknoveller och publicerade på skolans intranät. Novellerna var mycket uppskattade och ju fler hon skrev ju mer började hon fundera om det fanns övernaturliga ting på riktigt. För ett par år sedan hade hon tatuerat in "I believe" samt ett litet spöke i lakan och kedjor på ryggen, men hon hade fortfarande inte vågat visa den för sin mamma. Bara Fredrik och hennes närmaste vänner kände till den. Under gymnasietiden gick hon med i olika intressegrupper om det övernaturliga på internet och på den vägen träffade hon sin nuvarande pojkvän Ole Jacobsen. Hon föll inte bara för hans utseende utan även hans lugna sätt och mysiga dialekt. Självfallet var hans intresse för det övernaturliga ett stort plus med. Ole var egentligen från Hamar i Norge och flyttade till Uppsala efter att hans storasyster övertygade honom att flytta till Sverige. Hans föräldrar var relativt välbärgade och hade höga förväntningar om Oles framtida studier på Uppsala universitet, men de blev mindre förtjusta när de fick höra att deras son helst ville ägna sig åt att undersöka om det onaturliga av olika slag. Men Ole var envis och vägrade släppa sitt intresse bara för att föräldrarna inte delade hans uppfattningar. Såklart hade han ständigt dåligt samvete för att han inte ännu tjänade lika mycket pengar som man gör med "ett riktigt jobb", men desto mer tog han Project Ghostlights på fullaste allvar och la ner stor möda och mycket tid på att finna intressanta fall att ta sig an runtomkring i Sverige. Deras projekt var helt enkelt tvunget att lyckas. Kunde Jocke och Jonna bli rika på att jaga spöken så varför skulle inte de kunna det? Om de bara ser till att hitta minst lika intressanta fall och göra bättre youtube-klipp så bör det gå, resonerade han. Men han hade verkligen kniven mot strupen, för så gott som alla sina sista pengar hade han investerat i projektet. De mesta hade gått till deras bil och mycket till deras utrustning och den var allt annat än gratis. Än så länge bodde han i en dyr studentlägenhet men han och Emma hade funderat på att skaffa något eget.

Medan de satt i bilen höll Emma på att lägga ut ett par filmsnuttar på Instagram, där hon berättade att de hade varit på en hemsökt herrgård utanför Bollnäs och att hon skulle lägga upp en längre video på youtube senare i veckan. Men egentligen visste hon inte hur hon skulle få videoklippet intressant, eftersom det inte fanns något av värde att visa. Det fick bli till att fokusera på själva herrgården och dess historia och berätta om personer som själva kunde intyga om övernaturliga saker som hänt. Ole sneglade på sin flickvän. Han beundrade verkligen Emmas entusiasm hon visade i sina inlägg. Hon var skicklig på att försöka få allt att låta så intressant och spännande som möjligt. Men han visste också att hon var tvungen, annars kunde de räkna dagarna innan de var tvungna att lägga ner Project Ghostlights.

- Vad tror du Emma? Går det få ihop någonting av gårdagens material? undrade Ole.

- Jo, någonting ska jag nog kunna klippa ihop. Men det är ju inte mycket vi har att komma med. Men själva herrgården var ju faktiskt riktig vacker. Tur att vi filmade mycket inomhus. Särskilt nere i vinkällaren och den smala trappan ner dit. Om jag klipper ihop mycket av vinkällaren samt en del av de äldre rummen på herrgården så kanske jag kan få till tillräckligt med material, suckade hon bekymmersamt.

- Du är skitduktig, syrran! Jag är säker på att du får ihop någonting riktigt bra, det brukar du få. Men vi behöver verkligen någonting stort nu. Någonting som kan locka till oss fler tittare. Någonting som kanske till och med kan locka ett par sponsorer till, det behöver vi. Ole, har du kollat om vi har fått in något nytt på mejlen? undrade Fredrik.

- Jag kollade i morse. Några mejl har vi fått in, men ingenting som verkar intressant. Inte vad jag tycker i alla fall. Jocke & Jonnas senaste video har redan 1,7 miljoner visningar. Vad ligger vi på? Tvåhundra tusen visningar i snitt. Det duger inte! Vi måste ha fler! sa Ole surt.

- Verkligen! Och efter att vi släppt den här videon så lär ju inte snittet öka, sa Fredrik.

- Jag gör så gott jag kan! sa Emma.

- Jag vet det! Du är jätteduktig och utan dig så hade vi säkert bara haft hälften så många tittare. Men räkningar ska betalas och vi måste upp emot en halv miljon följare på kanalen om vi ens kan överleva på det här. Minst en halv miljon, gärna sju-åtta hundra tusen följare, sa Fredrik. De fortsatte i tysthet längs E4:an i riktning mot Uppsala. På en skabbig vägkrog utanför Gävle stannade de och åt lunch. Det luktade cigarettrök blandat med matos och Emma ville först åka vidare till ett annat ställe, men de var hungriga och krogens "Dagens" var billig. Grabbarna åt sina kebabtallrikar med stor aptit medan Emma mest petade med gaffeln på sin hamburgertallrik. Ole la märke till att Emma inte åt så mycket.

- Käka lite nu, gumman. Jag vet att det inte blev mycket att göra film av på herrgården i Bollnäs men du kommer säkert på någonting bra att säga. Det brukar du göra, försökte Ole trösta.

- Tack. Men det här känns inte hållbart längre. Vi har inte filmat någonting av värde på länge och våra följare börjar svika oss. Dessutom har Jocke & Jonna redan varit på alla intressanta spökställen i Sverige. Det finns ju liksom ingenting kvar till oss, sa Emma.

- Jag tycker vi skulle kunna åka till Frammegården och spela in, sa Fredrik.

- Frammegården? Skämtar du? Jocke och Jonna la ju upp på Youtube om Frammegården bara för ett par veckor sedan, jag tror knappast tittarna vill se ännu ett inslag därifrån, sa Emma.

- Det vet du väl inte! Deras reportage var jävligt bra och läskigt och fick en jäkla massa tittare. Jag tror inte att folk är mätta på Frammegården. Jag tycker vi åker dit och gör ett ännu bättre reportage och lägger ut på vår kanal. Jag är helt säker på att du Emma kan klippa ihop och få det mycket mer intressant och otäckt än vad de fick, sa Fredrik.

- Jag vet inte… Tror det blir svårt. Det är inte så himla lätt att få varje video att verka otäckt och kusligt. Det blir ju så lätt att man upprepar sig i videorna. Det kanske är bättre vi byter genre, sa Emma med nedstämd ton.

- Ja! Vi kan börja leta efter sällsynta svenska djur! försökte Fredrik skoja.

- Eller lägga ner hela skiten. Kanske dags att dumpa Project Ghostligts för gott. Ta ett hederligt arbete istället och glömma hela den här grejen. Det här med att kunna leva på vår hobby kanske bara var en dröm, sa Emma och fick en tår i ögat.

- Fan heller! Det här är min dröm och jag tänker inte ge upp den så lätt. Vänta du bara, rätt vad det är så ringer eller mejlar någon som har ett tips på ett ställe där det verkligen spökar. Tänk om vi kan få lite äkta bilder och röstupptagningar och lägga ut på kanalen! Då kan det vända för hos jäkligt snabbt. Dessutom vet jag faktiskt flera intressanta platser hemma i Norge som vi skulle kunna undersöka, platser som inte de där jävla paret Jocke och Jonna har varit på, sa Ole.

- Men hur dyrt är det inte att åka ända till Norge för att filma. För att inte tala om att bo där! Det vet du väl själv att Norge är dyrt att bo i, sa Fredrik.

- Det vet jag väl. Men om man hittar tillräckligt bra material så kan det ju lätt vara värt det, kontrade Ole en aning surt.

- Precis. Jag tror att Ole har en poäng faktiskt. Jag har faktiskt läst på en del om norska hemsökta ställen och det verkar som hela Norge kryllar av sådana platser, sa Emma till sin pojkväns försvar.

- Förlåt, det var inte meningen att klanka ner på Norge. Jag menar bara att vi ska ha råd med allt bara, suckade Fredrik.

- Mm, visst. Har ni glufsat färdigt så vi kan komma hem någon gång? Jag tänkte försöka hinna med att redigera det mesta av filmen ikväll, sa Emma.

- Visst, vi åker vidare sa Fredrik och gick och betalade. När de gick ut genom dörren glodde en av de anställda på dem och på deras bils stora logga, sedan skakade han lätt på huvudet och flinade. De svängde åter ut på E4:an och fortsatte sin resa hemåt. Mil efter mil åkte de längs motorvägen. De satt mestadels tysta och djupt nersjunkna i sina egna tankar. Fredrik skulle hem till sitt rum hemma hos hans och Emmas föräldrar och Emma skulle hem till Oles lägenhet.

Det var sent i september. Det var grått och trist ute och som vanligt när det blev höst så blev Emma en aning nedstämd. Ingen depression på något sätt, men allt blev så intetsägande på något vis. Ingenting var roligt eller spännande. Sommaren hade varit varm och solig och hon och Ole hade haft det underbart tillsammans. Nu kändes det bara som om hon gick in i en slags dvala och höstmånaderna var bara en enda lång väntan på is, kyla och julafton. Den djupa solbränna hon hade fått på öarna i Stockholms skärgård var nästintill helt borta. De vackra topparna hon hade köpt i somras hade blivit förvisade ner till källaren till förmån för tjockare tröjor. Hon sneglade på Ole. Han var hennes stora trygghet just nu. Hennes egen självkänsla stärktes av att veta att Oles tilltro och hängivenhet till Ghostlights var bergsäker och hon visste att han inte skulle vika sig från projektet förrän de hade gjort allt han kunde.

Det ringde på Fredriks mobil. Han misstänkte att det var hans och Emmas mamma som undrade hur det hade gått och om de hade långt kvar tills de var hemma. Förmodligen skulle hon fråga om hon skulle laga någon särskild mat tills de kom hem. Hon hade fått strikta restriktioner om att aldrig ringa efter klockan åtta på kvällen då det var då som deras arbetstid oftast hade börjat. Men i displayen på sin iPhone såg han ett för honom okänt nummer. Det var inget mobilnummer, det såg han direkt. Det började på 0247 och han misstänkte att numret tydde på att samtalet kom från norra Sverige men han var inte säker. Pulsen steg. Tänk om det var någon som bodde i ett hus där det spökade och att denne ville att de skulle komma dit och dokumentera? Oftast brukade folk höra av sig via mejl. Ibland kom det förstås även in mejl från folk som bara försökte driva med dem. Sådant var förstås oundvikligt, men dessa mejl kostade dem tid och pengar, men de hade börjat lära sig så smått att förstå vilka som var på skämt och vilka som var seriösa. Det fortsatte ringa och Fredrik svarade samt satte mobilen på högtalarläge.

- Ja hallå, det är Fredrik på Ghostlights.

- H-hallå. Hej… Elisabet Hagström heter jag och jag ringer från Insjön i Dalarna, sa en darrig och nervös röst i andra änden.

- Hej Elisabet, svarade Fredrik och vände sig om till de andra i baksätet och gjorde tummen upp och var nära att köra av vägen.

- Är… är det ni som håller på att jaga spöken och så? undrade hon på sitt breda dalmål. Ole misstänkte att det bara ännu en gång var några ungdomar som försökte driva med dem. Särskilt eftersom dialekten var så brett dalmål. Han gjorde tecken till Fredrik att lägga på och såg sur ut.

- Öh, ja det stämmer. Vi på Project Ghostligts filmar, fotar, spelar in och dokumenterar paranormala fenomen. Vad kan vi hjälpa dig med? sa Fredrik och försökte låta så professionell som möjligt. Han själv var också tveksam till om samtalet var seriöst, men tänkte att han inte hade något att förlora på att fortsätta samtalet. Det skulle ju faktiskt kunna vara äkta. Det blev tyst en stund i luren och efter ett tag hörde han svaga snyftningar. Ole och Emma satt på helspänn i baksätet. Fredrik ökade volymen på mobilens högtalare så de andra kunde höra ordentligt vad hon sa.

- Jo det är så att… jag bor på Pensionat Blåklockan och jag tror att… jag vet att det är någon som hemsöker mig här, fortsatte hon. Ole viskade till Emma.

- Är det någon som skämtar med oss? Hon låter ju helt förstörd!

- Vet inte, jag tror inte hon spelar. I så fall är hon jäkligt duktig, viskade Emma tillbaka. Hon såg på sin bror genom backspegeln och han slog upp med armarna som om han inte visste om tanten talade sanning eller inte.

- Okej… hemsöker säger du. På vilket sätt då? undrade Fredrik. Det blev tyst en stund innan kvinnan började prata igen. De riktigt kunde höra hur tanten i andra änden torkade sina tårar. Det dröjde några sekunder innan hon svarade och hon gjorde sig ingen brådska.

- Jag brukar kalla honom Tom. Han hette så när han levde. Han låter mig inte sova om nätterna. Han har försökt knuffa ner mig från trappan flera gånger. Ibland tar han stryptag om mig om nätterna också. Snälla ni, jag skulle så gärna vilja att ni kommer hit. Jag vet inte hur länge till jag står ut, snyftade kvinnan. Fredrik sneglade i backspegeln på de andra, som nickade intensivt på sina huvuden.

- Jamen det är klart att vi kan komma. Vart bor du någonstans?

- Jag bor utanför Insjön i Dalarna. På Pensionat Blåklockan, sa kvinnan. Genast började Ole söka i mobilen på stället.

- Femton mil, viskade han till Fredrik.

- Elisabet, vi sitter faktiskt i bilen just nu på väg hem från ett uppdrag. Men vi skulle faktiskt kunna komma till dig redan ikväll om det passar, sa Fredrik samtidigt som han såg frågande på de andra. Båda gjorde tummen upp. En suck av lättnad hördes i mobilen.

- Ja det får ni gärna göra! Tack snälla. Som sagt, jag bor på Pensionat Blåklockan. Det är jag som är ägare till stället. Det ligger strax utanför Insjön. Hittar ni hit tror ni? undrade hon oroligt.

- Jadå, vi hittar. Men då ses vi om ett par timmar då, sa Fredrik.

- Ni är hjärtligt välkomna! Tack så mycket, vi ses lite senare, sa Elisabet och la på. Ole och Emma jublade i baksätet och gjorde high five.

- Yes! Det här lät intressant! På riktigt, alltså! Jag trodde tanten skojade först, men hon lät verkligen uppriktig och gråten i halsen är nog svår att fejka, sa Fredrik.

- Ja, jag tror hon talar sanning, sa Emma.

- Emma, kan du sms:a morsan och säga att jag inte kommer hem ikväll?

- Visst, jag fixar det. Tur man hade packat lite extra kläder med sig, sa Emma och drog en suck av lättnad. Egentligen hade hon helst av allt bara velat komma hem och ställa sig i en varm dusch, slänga sig framför TV:n och kolla på någon serie tillsammans med Ole och bara ta det lugnt. Men efter samtalet med den där tanten Elisabet så såg hon nu möjligheten till ett ännu ett projekt för dem. Och förstås ännu en möjlighet att tjäna lite pengar.

- Jaha hörni! Då har vi fått ännu ett uppdrag. Jag tycker detta låter riktigt intressant. En pojke som hemsöker ett pensionat och som är elak. Kan det bli bättre? Emma, du kan väl börja spela in någonting på en gång till nästa Youtube-inlägg? Eller lägga ut nån liten teaser på Instagram? undrade Fredrik.

- Det kan du ge dig på! Ge mig bara ett par minuter för att förbereda mig på vad jag ska säga, sa hon uppspelt.

Hon tog upp mobilen och satte den på selfie-sticken och bad de andra hålla tyst en stund medan hon spelade in.

**"Hej på er alla ghost-lovers där ute! Vet ni vad? Vi sitter nu i bilen på väg hem från ett uppdrag uppe i Bollnäs då Fredriks mobil ringde. En dam som lät väldigt desperat ringde och sa att hon hade en elak pojke som hemsöker henne på sitt pensionat! Vi tyckte det lät så spännande att vi helt enkelt tar och åker dit redan ikväll faktiskt. Pojken verkade hemsöka henne så pass ofta att hon till och med hade ett namn på honom! Jag kommer inte ihåg**

vad det var nu, men alla vi tre i Project Ghostlights tyckte att det lät riktigt intressant. Jag lovar att filma mer när vi kommer på plats. Vi hörs snart igen, kram kram!" sa Emma och vinkade glatt in i kameran.

Fredrik svängde av vid första bästa avtagsväg och var snart på väg norrut på E4:an igen. I Gävle svängde de av mot Sandviken och fortsatte på E16 och vidare mot Falun och Borlänge. Därifrån var det inte långt kvar till Insjön och Pensionat Blåklockan, där Elisabet Hagström bodde.

# Kapitel 2

Fredrik stannade till på Circle K i Borlänge för att tanka. Emma passade på att gå på toa inne på macken och Ole följde med in och köpte snus. Strax därpå fortsatte de en stund till på E16 innan de svängde av mot väg 70. Det hade börjat kyla på och det var bara några få plusgrader ute och mulet väder. Emma satte i laddaren i sin mobil och började filma igen.

"Hej igen på er alla ghost-lovers! Vi har inte långt kvar nu till den kvinna som kontaktade oss för bara ett par timmar sedan. Hon bor på ett pensionat utanför det lilla samhället Insjön i Dalarna som heter Pensionat Blåklockan. Jag har passat på att göra en liten research om stället medan jag ändå sitter i bilen. Stället vi ska till byggdes redan 1906 av vad jag förmodar är Elisabets farföräldrar, Adolf och Alice Hagström. Tanken var "att erbjuda våra gäster en fridfull och rofylld plats där gäster kan trivas och frodas i ett naturskönt område med god mat och stor gästfrihet" kan man läsa om på nätet. Pensionatet består av en stor byggnad med två flyglar samt ett mindre annex på sidan av huvudbyggnaden. I källaren ska det ha funnits en vinkällare och ett litet sällskapsrum, oklart om det fortfarande ser ut så idag. Pensionatet övertogs av paret Hagströms barn, Petter och

Sven Hagström 1938. En mindre brand förstörde delar av den östra flygeln 1951. Andra världskriget gjorde att pensionatet gick dåligt och bröderna var tvungna att säga upp nästan all personal. Efter krigets slut återhämtade sig dock stället och de kunde öka personalen igen. Efter en tragisk händelse på pensionatet där en ung pojke miste sitt liv fick stället ett dåligt rykte. Stället övertogs en kort tid efter av Petters dotter Elisabet, som än idag äger pensionatet. Verksamheten upphörde 1990 på grund av dålig lönsamhet. Ett elakt rykte säger att pojken som så tragiskt omkom på pensionatet går igen. Flera gäster sägs ha blivit attackerade av "en osynlig kraft" under vistelserna, vilket går att läsa om i ett reportage i Dalademokraten 1989. Ja hörni, vad säger ni? Detta låter väl spännande?! Det måste vara den där pojken som Elisabet berättade om. I detta hus ska alltså jag och grabbarna sova i, i natt. Jag återkommer lite senare när jag pratat med Elisabet om pojken. Det ska bli väldigt spännande att höra vad hon har att säga. Ha det bra så länge, hejdå!"

- Snyggt jobbat, Emma. Det där lät ju faktiskt riktigt intressant. Går det hitta något mer på nätet om den där pojken som dog? undrade Ole.

- Nä, inte vad jag har hittat ännu. Elisabet lär väl ha en hel del att berätta. Vad kan ha hänt honom tror ni?

- Ingen aning. Det kan ju vara vad som helst. Nu för tiden vill ju vartenda hotell och herrgård att det ska spöka hos dem, det ger ju bara bra reklam. Men det verkar inte så i detta fallet, då gästerna började svika pensionatet när ryktet om spökpojken började cirkulera, sa Ole.

- Det tyder ju på att Elisabet inte kontaktade oss för att få uppmärksamhet. Hon lät ju uppriktigt livrädd på rösten, tycker ni inte det? frågade Fredrik. De andra nickade i baksätet.

- GPS:en säger att vi har tjugo minuter kvar. Stället ska ligga några kilometer sydost om Insjön, nära den lilla byn Sätergläntan, sa Fredrik samtidigt som han sträckte på sina stela armar. De svängde in på en ännu mindre asfaltsväg som senare övergick till grusväg och körde på den en bra stund. På en sliten gammal skylt som hängde på trekvart kunde de läsa "Pensionat Blåklockan 2 km". På båda sidor om grusvägen fanns stora åkrar och ängar. Till höger var säden redan upptagen för länge sedan då det nu var sent i september. Träden runtomkring bestod mest av lövskog och Emma tyckte det var vacker natur. Många av trädens löv hade börjat gulna och falla till marken.

- Jag kan förstå att man valde att bygga ett pensionat i dessa trakter. Stället passade nog bra för stressade storstadsbor som sökte lite lugn och ro med familjen. Det fanns ju en hel del att göra för barn här med, på tiden det begav sig. Det är fint här, sa Emma.

- Ja det är det, trots att det blåser mycket idag. Löven flyger iväg överallt ju. Synd att det inte är öppet längre. Och synd att ett rykte om ett spöke ska göra så att stackars Elisabet var tvungen att stänga igen stället. Men hon bor alltså tydligen kvar själv på pensionatet? undrade Ole.

- Ja, det verkade så, sa Fredrik. De möttes av ännu en ålderdomlig träskylt som var upphängd i två kedjor. Hela skylten for fram och tillbaka på grund av blåsten och en pil på skylten pekade åt vänster om man ville åka till pensionatet. Några hundra meter in på grusvägen tvärstannade Fredrik plötsligt.

- Vad håller du på med? undrade Ola surt.

- Kolla på vägen framför oss. Ett träd har blåst över vägen, sa Fredrik och pekade.

- Fan också. Som tur är verkar det inte vara så stort. Vi får försöka bära bort det, sa Ole. De klev ut ur bilen och gick fram till den smala björken som låg tvärs över vägen. Emma passade på att ta fram kameran och filmade när grabbarna gick fram.

"Hej på er allihop. Det är dags att filma lite till nu. Vi har bara någon kilometer kvar till Pensionat Blåklockan, men vi tycks ha fått lite hinder på vägen, bokstavligen talat. Ett träd har blåst ner över vägen. Antagligen har det blåst ner ganska nyligen, för det blåser ganska kraftigt ute. Eller kan det kanske vara så att någon inte vill att vi ska komma fram till pensionatet? Kanske någon vill säga att vi inte är välkomna här? - Grabbar, det här kanske är ett tecken på att vi borde vända om? Eller vad säger ni? " sa Emma och försökte låta så mystisk som möjligt på rösten.

- Äh, det är nog snarare blåsten som har gjort detta, flinade Fredrik som tog ett fast tag om stammen på björken. Precis då kom han på att han kanske sabbade stämningen i Emmas video. Plötsligt slutade det tvärt att blåsa. Helt utan förvarning blev det helt vindstilla och knäpptyst. Ole reagerade på vad som nyss hände och ställde sig upp och såg åt Emmas håll.

- Vad fan hände? Hoppas du fick med detta på film! Det var som om någon stängde av vinden ju, sa Ole och såg sig omkring. Inte en gren rörde sig ur fläcken. Vartenda löv som ännu fanns kvar på de annars så kala kvistarna på träden var helt stilla. Ole sneglade på Fredrik som förstenad med ansiktet vänd in mot skogen. Han tog upp en grankotte och kastade den hårt mot en gran som stod en bit längre in i skogen. Det ekade på ett kusligt sätt när den studsade mot trädstammen.

- Jag filmar för fullt! ropade Emma borta vid bilen. Fredrik stirrade in i skogen och stod fortfarande helt blick stilla.

- Vad konstigt, det är ju som om vi står inomhus ju. Inte ett ljud hörs. Nyss blåste det ju riktigt rejält.

- Verkligen konstigt! Det blåste alltså riktigt rejält nyss, det kan alla vi intyga, men så fort vi klev ur bilen så bara slutade det. Jag vet inte om ni tittare kan uppfatta detta, men det är fullständigt tyst där vi står just nu. Inte en vindpust, inte en fågel hörs, inga bilar från stora vägen - ingenting! sa Emma medan hon filmade grabbarna och runtomkring bilen.

- Vi kanske befinner oss i stormens öga. Du vet, det kan blåsa som fasen men i mitten är det helt lugnt. Det har man ju sett på TV, sa Ole.

- Hörni! Här kan vi inte stå. Vi måste få bort trädet och fortsätta nu, sa Fredrik och tog åter ett tag om trädstammen. Ole tog tag i andra änden och de släpade med viss möda undan björken och la den längs vägkanten. Ole fick en rispa från en gren i ansiktet och mumlade en norsk svordom. Emma slutade filma och satte sig i bilen igen. Aningen konfunderad över vad som nyss hänt, stirrade hon ner på bilgolvet.

*Vad sjutton var det vi nyss var med om? Nyss blåste det ju jättemycket och sedan bara slutade det tvärt! Har aldrig någonsin varit med om något liknande i hela mitt liv. Nog för att vinden kan avta ganska snabbt ibland, men inte såhär… Nåja, det kanske är vanligt här i Dalarna att det kan bli så, inte vet jag. Men häftigt var det och jag fick med det på film. Hoppas nu bara att resten av den här trippen blir värd att filma och att den här Elisabet har något vettigt att komma med. Det är verkligen på tiden att våra instrument börjar ge utslag. Vi har ju kammat noll på de senaste tre ställena vi har varit på. Tittarsiffrorna har ju brutalt bekräftat det också. Inte alls bra för sponsorpengarna. Jag ska be Fredrik stanna till med bilen och släppa av mig med drönaren så fort vi ser pensionatet så jag får lite häftiga filmer ovanifrån.*

Det dröjde inte länge förrän de anade det gamla slitna pensionatet från långt håll. Det hade börjat blåsa nästan på en gång igen så fort de hade satt sig i bilen och börjat köra och Emma fann detta mycket märkligt men sa ingenting till de andra. Hon misstänkte att de tyckte samma sak. Hon tittade ner på grusvägen utanför bilen medan de sakta åkte mot pensionatet. Det syntes tydligt att vägen var dåligt underhållen och att det inte åkte så många bilar här nuförtiden. Vägen var smal och i mitten hade det vuxit upp högt gräs på sina ställen. Fortfarande växte det maskrosor lite här och var längs dikena, men annars var det mesta i växtväg dött så här års.

- Fredrik, stannar du bilen här och släpper av Ole och mig så kör vi upp drönaren och tar vi och filmar lite över stället?

- Visst. Gör det, så kör jag fram och parkerar framför ingången och väntar på er. Försök att få med vår bil så att loggan syns ordentligt.

Ole skickade upp deras drönare DJI Phantom 4 i luften och filmade en lång svepning in över pensionatet, sänkte ned den i takhöjd bakom byggnaden och filmade de båda flyglarna för att sedan köra tillbaka till framsidan på gården. Sedan styrde han drönaren något till höger och filmade annexbyggnaden som fanns vid sidan av den stora grusuppfarten. Han styrde uppåt igen och zoomade in den lilla gårdsbrunnen till vänster om parkeringen för att sedan sakta glida ner och landa. De packade varsamt ner den dyra drönaren i dess väska igen och gick bort till bilen som Fredrik parkerat nedanför den breda stentrappan som ledde upp till ingången till pensionatet. I samma veva öppnades dörren på framsidan och ut steg Elisabet Hagström. Längst bak av de tre ungdomarna stod Emma, som började filma med sin kamera. Hon zoomade in den lilla taniga och gråhåriga tanten. Hon var osminkad och bar kläder som hade sett sina bästa dagar för många år sedan. Hon såg eländig ut och visade inga tecken till att verka vara glad över att se dem. Fredrik gick först fram och hälsade, därefter Ole och sist Emma. Handslaget var slappt och hennes hand var tanig och ådrig.

- God middag. Välkomna hit. Tack för att ni ville ta er hit, sa Elisabet och såg bekymrad ut. Hon smekte nervöst på smycket på sitt långa halsband. Emma önskade att hon hade fått med detta på film, men hade stängt av kameran när hon gick fram för att hälsa.

- Vi kan väl gå in och sätta oss så vi slipper stå här ute i höstkylan, sa hon lamt och gick före in. Ole tittade sig omkring innan han steg in. Stället såg mer eller mindre förfallet ut. Den gråa färgen på huset hade flagnat till hälften och de en gång vita knutarna var nästan helt trävita. Glaset på en av utomhus-lamporna var krossat och glasskärvor låg fortfarande kvar på stengolvet och verkade ha legat där länge. Vem som helst kunde se att stället inte hade fått kärlek på många år. Redan i lobbyn kunde Emma känna den unkna lukten av gammalt hus som saknade ventilation och hon rynkade omedvetet på näsan. De följde på rad efter Elisabet, som gick in i lobbyn och vidare till ett stort rum till vänster och pekade på en låg möbelgrupp.

Det stora luftiga rummet måste ha fungerat som matsal åt alla gäster en gång i tiden, tänkte Emma.

- Slå er ner så ska jag hämta kaffe, sa hon lågmält och gick vidare in genom en svängdörr lite längre bort.

- Ingen vidare gästvänlighet. Tänk om någon ville ha te i stället, viskade Ole och flinade.

Fredrik såg sig omkring. Möblerna verkade vara från tidigt 70-tal och färgerna gick i brunt och orange. Det var tydligt att Elisabet inte brytt sig om att förnya här på väldigt länge. På väggarna hängde motiv på olika kurbitsmålningar blandat med svartvita bilder på pensionatet. På några av bilderna fanns män, kvinnor och tjänstefolk uppställda på gårdsplanen framför huset, alla med typiska stela och allvarliga miner.

Ole sträckte sig fram och såg bort mot lobbyn och receptionen. Han kunde inte undgå att se den slitna gamla buktalardockan som satt på en stol i hörnet snett bakom receptionen. Den kändes väldigt malplacerad där den satt och han undrade hur han hade lyckats undvika den när han gick igenom lobbyn nyss. Den såg äcklig ut och såg precis ut som den där dockan i den gamla tv-serien Lödder. Det var svårt att säga när dockan satt ner på stolen men den var säkert över en meter lång och hade byxor, skor och kavaj på sig. Ögonen var stora och uppspärrade och stirrade rakt ut i lobbyn. Färgen var isblå. Ole hade svårt att släppa blicken på dockan trots att han tyckte den såg obehaglig ut.

Elisabet kom snart ut genom svängdörren igen. I handen bar hon en kanna kaffe. Kaffekoppar stod redan framdukade på det runda bordet med orange duk och dalahästmotiv på. Utan att fråga hällde hon upp kaffe till var och en.

- Jag har tyvärr slut på socker. Jag själv använder inte socker till kaffet och det tog nog slut för flera år sedan, sa hon och satte sig mödosamt ner. En pinsam tystnad rådde. Emma och Ole tittade ner i sina kaffekoppar. Fredrik bestämde sig för att ta första initiativet.

- Jaha Elisabet. Du får berätta för oss varför vi är här. Uppriktigt sagt så lät du ganska angelägen om att vi skulle komma hit och du lät en aning ansträngd när du ringde?

- Det stämmer. Jag var en smula uppriven när jag ringde er. Det hade återigen varit en… jobbig natt för mig här på pensionatet. Detta är alltså Pensionat Blåklockan ni befinner er på. Eller rättare sagt VAR Pensionat Blåklockan. Nu fungerar stället bara som bostad åt mig. Pensionatet byggdes av min farfar i början av 1900-talet och övertogs sedan av min far, Petter Hagström och hans bror Sven som i sin tur lät mig ta över 1967. Far och Sven kom inte överens förstår ni, så far köpte ut Sven bara ett par år efter att de tagit över efter farfar. Fars och Svens osämja är ett kapitel för sig. Jag skulle kunna sitta här och berätta mycket om det men jag besparar er det, för det har egentligen ingenting med det här att göra, sa Elisabet och suckade. Utan att tänka på det smekte hon sitt guldkors som hon bar runt halsen och hon såg märkbart besvärad ut.

- När jag tog över var vi tiotalet anställda, men på sin storhetstid när farfar ägde stället var det nog det dubbla. Ja det är klart att under somrarna hade vi ju extra personal såklart. Vi var kända för våra älgfärsbiffar med örtstuvad majrova och hade gäster från halva Sverige, fortsatte Elisabet i sin enformiga ton men sträckte på sig en aning och verkade stolt över att äntligen få säga någonting positivt om pensionatet.

31

- Så du drev stället själv? Eller drev du det tillsammans med din man? försökte Fredrik luska. Men Elisabet skakade på huvudet och snörpte på munnen.

- Jag drev detta själv. Jag har aldrig varit gift. Inte heller har jag några barn. Jag brukar säga att jag har varit gift med pensionatet. Det här stället har varit både min passion och min mardröm. Passionen kände jag under min barndom och ungdom men under den andra halvan av mitt liv så vände det helt och blev tvärtom, sa hon dovt och fortsatte pilla på sitt halsband.

- Men under din ägo så dalade intresset? sa Fredrik och kände att han kanske gick för hårt fram. Men Elisabet nickade långsamt.

- Jo, nog gick det utför, alltid. Men jag vill bestämt hävda att det inte var mitt fel att gästernas intresse dalade. Jag har alltid drivit pensionatet exemplariskt, ska ni veta. Jag är uppvuxen här och lärde mig bokföring långt innan jag gick ut skolan och jag kunde bädda gästernas sängar lika bra som de anställda innan jag hade fyllt tio år, ska ni veta. Ja, det var inte tal om att gå ut och leka när man kommit hem från skolan, ska ni veta. Far var sträng och krävde att jag hjälpte till med både det ena och det andra här på pensionatet. Det skulle ju naturligtvis aldrig vara tillåtet idag, att barn jobbade så mycket som jag gjorde då. Men det är klart att far såg sin chans att spara in på arbetskraft och det kan man väl förstå. Fast jag gick ju inte helt lottlös vill jag minnas. Någon slant fick man väl av far då och då. Men gästerna började svika i slutet av 60-talet och allt är den där pojkens fel.

- Vilken pojke? undrade Ole, trots att han visste svaret. Emma sa ingenting utan bara försökte hålla videokameran

32

fokuserad på Elisabet. Elisabet tog en djup suck och sände en ängslig blick bort mot lobbyn.

- Tom. Allt är hans fel! sa hon och rynkade på ögonbrynen.

- Tom var alltså en pojke som dog här på pensionatet, stämmer det? undrade Fredrik.

- En väldigt tragisk historia. Jag var nitton år det året som Tom Svantesson och hans föräldrar var gäster här. Det var 1963. Jag var redan då väl insatt i hur allt fungerade här på Blåklockan och jag visste att jag en dag skulle få ta över. Det var helt annorlunda på den tiden här. Det var fullt av sommargäster och det var alltid ett högt tryck på personalen. Våra rum var nästan alltid fulla och pensionatet gick med bra vinst. Även långväga gäster kom hit bara för att äta vår goda mat. Vi hade personal som arrangerade lekar för barnen och tipsrundor och allt möjligt. Det var fullt av lekande barn här, må ni tro. Flickorna kunde hoppa hopprep och pojkarna kunde jaga varandra och leka kull bland annat. Ibland kunde lekarna gå hett till så att vår personal fick gå emellan och avstyra ett och annat bråk. Jag minns att Tom var ett av de yngre barnen här och han var även ganska lugn av sig. Vad jag minns kunde de äldre barnen köra lite med honom ibland.

- Det låter som om det var en lek som gick över styr? undrade Ole.

- Ja, det kan man lugnt säga. Vid ett tillfälle fick de äldre grabbarna för sig att de skulle lura ner Tom i brunnen som finns där ute på framsidan, sa Elisabet och pekade med sin skraltiga hand mot framsidan. Emma fick rysningar längs armarna och kunde knappt bärga sig innan hon fick höra resten av berättelsen. Elisabet tog ett djupt andetag innan hon fortsatte sin historia.

- Vid polisförhören senare berättade en av de äldre pojkarna att de sagt åt Tom att de hade sett en massa mynt i botten av brunnen. Det lät ju ganska rimligt i och för sig, för folk brukar ju ibland kasta i en slant i en brunn och önska sig något. De sa att han skulle få hälften av alla mynt om han hämtade upp dem. Tom hade varit väldigt tveksam först, men Lennart Öhman som den ena pojken hette, sa att i och med att Tom var den lättaste av dem så var det han som var tvungen att halas ner för det rep som de slängde ner i brunnen. Lennart sa till Tom att han kunde stå på botten av brunnen och lägga alla mynten i fickorna och när han var färdig så skulle de hissa upp honom igen. Efter en viss övertalning gick Tom med på detta och lät sig hissas ner i den djupa brunnen. Buset gick överstyr och när Tom märkte att han inte nådde botten, började han skrika av panik. Grabbarna som höll repet blev rädda att någon vuxen skulle höra dem och släppte taget om repet och sprang därifrån. Tom hade visserligen lärt sig att simma någotsånär, men vattnet i brunnen var iskallt och han fick panik där nere. Han svalde kallsup på kallsup och hann knappt ta något andetag utan att få ner vatten i lungorna. Inga av de gäster som befann sig ute på trädgården hörde hans panikslagna rop på hjälp. Ingen vet hur länge han orkade trampa vatten innan hans små lungor fylldes av iskallt vatten. Till slut sjönk han sakta nedåt och innan han nådde ner till botten av den mörka brunnen hade hans lilla hjärta slutat att slå.

I polisförhöret berättade en gråtande Lennart Öhman att de sista de hörde av Tom var att han svor på att han skulle hämnas på alla som bodde på pensionatet för att ingen kom för att hjälpa honom. Såklart var det inte meningen att lämna kvar Tom för att dö där i brunnen, tanken var bara att skrämma honom men allt blev fel och den stackars pojken dog.

- Men oj så otroligt tragiskt. Så du menar alltså att det är Toms vålnad som härjar här på pensionatet nu? undrade Fredrik.

- Ja, så är det. Efter Toms död dröjde det inte länge förrän märkliga saker började hända här. Gästerna började snart klaga på att de hörde ljud om nätterna och att de blev knuffade i trapporna. En del påstod att de halkade i trappan så att de slog sig, men så var det inte. Vi hade på den tiden en grov matta i trappan och den var absolut inte hal. Men det är klart, vad skulle folk tro när de ramlade där? Något var de ju tvungna att skylla på. För inte kunde de väl ändå tro att en vålnad tog krokben på dem? Vi blev anklagade för att checka ut folk för tidigt och servera maten på fel tidpunkter, vilket vi tyckte lät mycket märkligt. Vi trodde först att vi hade lite otur som fick så hög andel förvirrade gäster, men till slut började vi ana oråd. Gäster började klaga på att vi inte hade koll på barnen på pensionatet om nätterna, då de hade sett en pojke gå omkring helt själv i korridorerna här. Till slut började ett elakt rykte sprida sig att pensionatet var hemsökt och vi fick allt mindre gäster hit, fortsatte Elisabet.

- Förlåt att jag avbryter, men vad menar du med att ni blev anklagade för att servera maten vid fel tidpunkter? Det kan väl ändå inte stämma, frågade Fredrik.

- Visst låter det märkligt? Men saken är den, att Tom har en förmåga att förskjuta tiden för folket här. Ingenting är som det verkar här, kom ihåg det. Ingenting är som det verkar! sa Elisabet och spände ögonen i Fredrik så att han var tvungen att vika med blicken.

- Så… så Tom har spökat här ända sedan 60-talet?

- Du kan kalla det "spöka" om du vill. Jag tycker det ordet låter lite larvigt. Det här är ingenting att skoja bort, det här är fullaste allvar. Tom härjar i cykler. I början var det sju år i taget. Under ett par månader i taget härjar han och terroriserar mig, sedan blir det lugnt. Sedan tar det sju år till innan saker börjar hända här. Men de sista tjugo åren så har han hälsat på mig allt oftare och nu är det två tillfällen i månaden. Ingen aning om varför han är här oftare. Och så har det hållit på ända sedan den där tragiska sommarkvällen 1963, då han svor på att hämnas alla som bor här, sa Elisabet och lutade sig tillbaka i fåtöljen. Det märktes att hon var upprörd. Hon andades snabbt och när hon inte pillade på sitt halssmycke så rev hon nervöst med naglarna på fåtöljen.

- Det här kanske är en dum fråga, men varför flyttar du inte bara härifrån? undrade Ole.

- Svaret är ganska enkelt. Jag kan inte. Jag har heller inte råd. Här bor jag i princip gratis, bara lite hushållsel. De sopor jag får brukar jag elda nere i pannrummet. Om vintrarna ser jag till att bara hålla varmt i mitt eget rum, i resten av byggnaden är det bara smygvärme på så att det inte blir minusgrader inomhus. Min pension är inget att skryta med direkt, så jag är så illa tvungen att bo kvar här. Dessutom ligger det här stället mig varmt om hjärtat, hur konstigt det än låter. Men jag är uppvuxen här och jag känner mig som ett med pensionatet. Kanske svårt för er att förstå…

- Jag fattar att du kanske inte har råd att bo någon annanstans, men du sa nyss att du inte kan. Vad menar du med det? När du märker att det är dags för Tom att börja härja, varför kan du inte bara åka härifrån och komma tillbaka efter ett tag? undrade Ole. Han tyckte själv att frågan var rättfärdigad, men Elisabet gav till ett hånskratt.

- Tror du inte jag har försökt det? Han låter mig inte åka härifrån. Han låser dörrar, gör så att bilen inte startar, allt möjligt bara för att jag ska bli tvingad att stanna kvar här så att han kan terrorisera mig.

- Så han vill ändå att du ska vara kvar här för att få sätta skräck i dig? Det låter ju konstigt.

- Ja det gör det. Men Tom är ett elakt barn. Han vill dig illa och han njuter av att få plåga andra.

- Men han vet väl om att det inte var du som sänkte ner honom i brunnen? undrade Fredrik.

- Jag vet inte om han vet om det. Han svor på att hämnas alla som bor här och det verkar vara det han går efter. Men mig skrämmer han inte längre, jag blir inte längre rädd när han visar sin bleka gestalt i korridorerna. Inte heller blir jag rädd när han viskar i mitt öra om kvällarna när jag ska sova, otäcka saker om vad han tänker göra med mig. Men vad jag inte står ut med att han kväver mig om nätterna när jag ligger och sover och han knuffar mig i trapporna, han gör så att jag skållar mig i hetvatten när jag badar. Jag har otaliga blåmärken på kroppen och jag har haft tur hittills som inte har brutit lårbenshalsen. Det är så fruktansvärt otäckt att vakna på natten av att jag inte får luft! Man vaknar av syrebrist och det tar flera stycken djupa andetag innan man känner att börjar återhämta sig och det är en så fruktansvärt otäck känsla och jag får sådan dödsångest när det blir så. Jag är över sjuttio år och jag orkar inte mycket längre. Snälla ni, ni måste hjälpa mig! bad Elisabet och började gråta. Fredrik utbytte hastigt blickar med Ole och Emma. Han harklade sig.

- Fast du har nog fattat lite fel här Elisabet, vi är inga utdrivare av spöken och vålnader. Vi försöker bara dokumentera och finna spöken och onaturliga fenomen. Vi har inte kunskap om hur man ska råda bot om hur man får bort spöken, försökte Fredrik förklara. Hon såg på honom förvånat med stora ledsna ögon.

- Jag… jag trodde man ringde till er för att man skulle få hjälp med sånt här?

- Tyvärr kan vi nog inte hjälpa dig är jag rädd, sa Fredrik och kände sig aningen dum.

- Men snälla, stanna här i natt så får ni själva se, så kanske ni åtminstone kan dokumentera och visa upp för någon som kan hjälpa mig? Ni måste förstå att jag är desperat! Tom kommer bli min död!

- Visst, vi stannar här i natt, inga problem. Vi har ju ändå åkt så långt för att komma hit, så visst stannar vi. Och vi är väldigt intresserade av att försöka fånga Tom på bild. Vi sätter upp kameror och detektorer och dokumenterar om något händer. Är det något som händer så lovar jag att det kommer att fastna på bild. Men hur du ska bli av med Tom vet jag dock inte, sa Fredrik.

Med en lättnadens suck lutade sig Elisabet tillbaka i fåtöljen. Hon verkade nöja sig med att gänget gick med på att stanna kvar och dokumentera fenomenet Tom. För tillfället.

# Kapitel 3

Emma pausade filmningen för en stund. Hon var nöjd med hur hon hade fått med Elisabets berättelse om den tragiska händelsen när Tom drunknade, likaså hennes desperata berättelse om hur hon blir psykiskt och fysiskt misshandlad här på pensionatet. De drack upp kaffet de blivit serverade och Elisabet fortsatte berätta historien om det stora gamla pensionatet. Det märktes att hon trots allt elände här, var stolt över stället och berättade gärna små anekdoter som hänt under årens lopp.

Det var sen eftermiddag och det hade börjat bli mörkt ute. Ole ville hämta in all utrustning från bilen och Emma ville gärna bli visad till sitt rum så hon kunde packa upp sina kläder. Fredrik märkte på de andra att de började bli otåliga och verkade vilja sätta igång med att så småningom börja rigga upp all utrustning så de var förberedda inför nattens inspelningar.

- Vi borde nog gå och hämta in vår utrustning snart så vi kan börja förbereda oss, sa Fredrik.

- Jag förstår det och ni är fria att röra er fritt överallt på pensionatet, men innan dess vill jag gå med er runt en gång. Det finns vissa saker jag vill göra er uppmärksamma på.

- Som vad då? undrade Emma nyfiket. Elisabet rynkade återigen pannan när hon började prata.

- Ni bör inte sova ensamma, ni måste sova tillsammans. När ni går i trapporna så håll i er i räcket, lova mig det. Undvik helst källaren, det finns ändå inte mycket att se där. Och en sak till, sa Elisabet och såg på dem alla tre med sträng blick.

- Dockan som sitter på stolen där ute i lobbyn…

- Du menar den där gamla buktalardockan? Vad är det med den? undrade Ole nyfiket.

- Det är bra om ni inte tittar på den i ögonen när ni går förbi. Den är inte farlig, men… ni bör inte titta på den, sa Elisabet.

- Eh, okej. Men vi går och hämtar lite grejer ur bilen så ses vi strax, sa Fredrik.

- Gör så. Jag väntar här i matsalen så ska jag visa er till era rum när ni kommer tillbaka, sa hon med ett ansträngt leende. Alla tre gick ut till bilen som stod på grusplanen några meter nedanför stentrappan. Det märktes att Emma var upprymd.

- Fasen också att jag inte filmade när tanten varnade om den där dockan! Grabbar, vad säger ni? Visst verkar detta vara intressant? Tror ni vi kommer få något utslag på vår utrustning i natt?

- Det återstår att se. Men vad fan var det där med dockan? Vad larvigt, "titta inte på dockan". Haha, som om det skulle hända något då eller? Har tanten sett på för mycket skräckfilm tror ni? flinade Ole.

- Jag tycker jag känner igen den där dockan. Ni kanske inte har sett den serien, men jag har en förkärlek för 70-talet och det fanns en amerikansk serie som hette Lödder och i den var det en kille som alltid bar omkring på en buktalardocka. Den dockan som sitter ute i Elisabets lobby se exakt ut som den! sa Ole.

- Tyvärr, har inte sett den serien. Men dockan såg ju lite otäck ut, det måste jag säga. I skräckfilmer så brukar alltid dockan vrida på huvudet när någon går förbi, sa Fredrik och började packa ur utrustningen från bagageutrymmet.

- Jag är lite inne på att Elisabet är fejk. Hon vill flytta härifrån och vill försöka höja värdet på huset genom att göra det känt för att ha ett spöke. Så skulle jag ha gjort om jag vore henne och ville få en lite bättre tillvaro de sista åren. Kanske få råd att flytta in till stan till ett mysigt äldreboende där de serverar god mat och där hon kan få nya vänner. Du vet, gemensamt tv-rum där tanterna sitter och snackar skit och stickar samtidigt, sa Ole medan han bytte batterier i parascope-mätaren.

- Hm, det återstår att se. Vi får väl se vad som händer i natt. Om hon har riggat något för att bluffa så lär vi ju märka det ganska snart, eller hur? Det vore ju inte första gången någon försökte lura oss att det finns spöken i sina hus, sa Emma.

- Precis. Det där har vi ju fått lära oss den hårda vägen. Om Elisabet vill att vi ska vara i något speciellt rum så är det suspekt. För hon kan ha fixat iordning just det rummet. Kanske med någon bandspelare i väggen med viskande ljud, eller att hon går upp på våningen ovanför och skramlar med något. Det är din tur att ta första vakten ikväll, Emma. Jag är skittrött och behöver få lite sömn, sa Fredrik. Emma rös och drog upp sina axlar.

- Ja, ja. Jag vet. Brr, det börjar verkligen kyla på ute. Grabbar, se er omkring! Det är helt öde häromkring. Inte ett hus så långt ögat kan nå och det är ju kolsvart vart du än tittar åt för håll. Hur vågar hon bo här alldeles själv? Det skulle aldrig jag våga, trots att jag jobbar med paranormala fenomen och är inte rädd för spöken, sa Emma och såg sig omkring på den mörka och ödsliga grusplanen.

- Nä, håller med. Att bo här ute på landet helt själv och dessutom veta att det finns en vålnad här, det skulle jag nog inte våga. Särskilt inte eftersom hon påstår att vålnaden är farlig, sa Ole.

- Fast ni hörde ju vad Elisabet sa, hon har ju inget val annat än att bo kvar här. Hon har ju inte råd att flytta härifrån. Och inte låter Tom henne flytta heller. Vad ska hon göra, stackaren? Och ni ser ju hur hon såg ut, hon ser ju helt förstörd ut, sa Emma.

- Fast gamla människor ser oftast förstörda och slitna ut, sa Fredrik och flinade.

- Det behöver väl de inte göra! Gamla människor kan faktiskt åldras med värdighet, sa Emma irriterat.

- Kanske det. Men Elisabet ser faktiskt riktigt sliten ut, det får du hålla med om. Inte är hon särskilt trevlig och artig heller, sa Fredrik.

- Men tänk om du hade bott ihop med en vålnad i flera år och blivit terroriserad så kanske inte du heller varit särskilt piggelin? sa Emma surt.

- Jag är fortfarande inte övertygad om att kärringen talar sanning.

- Det återstår väl att se! Kom nu så går vi in med utrustningen. Jag är riktigt spänd på om vi kommer få några utslag på våra instrument i natt, sa Emma.

Elisabet stod mitt i lobbyn med händerna knäppta på magen när de kom in. Hon såg nyfiket på alla konstiga manicker som ungdomarna bar med sig in.

- Ni får välja vilka rum ni vill att sova i, men jag rekommenderar de här på nedervåningen. Sängarna där uppe är äldre och kan knaka lite, men det där bestämmer ni själva, sa Elisabet.

*En pluspoäng till Elisabet här! Vi får alltså välja rum helt fritt. Det tyder ju på att hon inte har preparerat något särskilt rum som det "ska spöka" i. Hm, intressant,* tänkte Emma.

- Okej! Men... då tar vi rum 104 och 105, sa Emma och gick bakom disken i receptionen och tog snabbt nycklarna till rummen. Det var inte likt henne att vara så framfusig, men detta gjorde hon bara för att inte Elisabet skulle få chansen att välja åt dem. Elisabet såg plötsligt något besvärad ut och Ole inväntade med spänning på om hon skulle opponera sig på Emmas val av rum.

- Eh, ni får gärna sova i två olika rum, men jag rekommenderar starkt att ni sover tillsammans. Ni är här på mitt ansvar och jag kan inte garantera er säkerhet om någon av er sover själva. Om ni sover tillsammans så… så känns det åtminstone tryggare för mig, sa hon och harklade sig.

- Fast jag är en stor kille, jag kan nog klara av att sova själv sa Fredrik och tog en av nycklarna som Emma hade i handen. Elisabet svarade inte, men Emma såg att hon blev blek i ansiktet.

- Fast det kanske är lika bra att göra som Elisabet säger, sa Emma och tog nyckeln ifrån honom och spände blicken på sin bror.

- Bra val. Kanske du som är en stor kille kan bära in en extra säng i rum 104 då, sa Elisabet torrt. Fredrik såg dum ut och nickade med huvudet. Fredrik och Emma gick bort mot rummet som låg lite längre bort i korridoren, till höger om receptionen. Ole blev kvar i lobbyn med Elisabet. Han såg nu sin chans att få räta ut några frågetecken.

- Du Elisabet, vad är historien bakom den där buktalardockan som sitter på stolen där borta? undrade han och nickade åt dockans håll.

- Jaså den. Vad är det du vill veta om den?

- Alltså, personligen så tycker jag att den ser lite otäck ut. Jag kan tänka mig att den till och med skrämmer folk lite när de kommer hit, istället för att vara som prydnad.

- Den där dockan har suttit där ända sedan 1963. Den tillhörde familjen Svantesson. Alltså Toms föräldrar. Jag kommer faktiskt inte ihåg vad de hette i förnamn men det spelar ju ingen roll. Efter tragedin med Tom så for familjen iväg hastigt dagen efter och de glömde kvar den där dockan på rummet. Inte vet jag varför de släpade med sig dockan ända hit till pensionatet. Kanske höll pappan på med buktaleri, jag vet inte. Jag har funderat på det många gånger, men det borde ju vara så. Och ja, jag håller med dig. Dockan är faktiskt inte trevlig att se på, det första man möter när man kommer in i lobbyn. Jag vet inte varför jag satte den där. Jag tror jag tyckte att barnen som besökte Blåklockan skulle tycka det var roligt med en docka.

- Men om du själv tycker att dockan är opassande att ha här, varför flyttar du inte på den då? undrade Ole och sneglade bort mot dockan. Han såg hur dess stora uppspärrade ögon stirrade rakt fram. Han tyckte inte om den. Inte alls, faktiskt. Elisabet drog på svaret.

- Tror du inte att jag har försökt? svarade hon lågmält till sist.

- Vaddå försökt? Det är väl bara att lyfta bort den? Elisabet böjde sig fram och viskade.

- Jag har lyft bort honom tre gånger under åren, men varje gång jag gör det kommer han alltid tillbaka! sa Elisabet och stirrade med nästan lika otäck blick på Ole som dockan hade. Kalla kårar gick längs Oles armar och ända upp i nacken.

*Vad fan menar hon? Vaddå kommer tillbaka? Dockjäveln går väl för fan inte och sätter sig på stolen igen själv? Eller?*

- Elisabet, nu förstår jag inte riktigt vad du menar. Om du nu har flyttat på dockan så kommer den väl ändå inte tillbaka, såvida inte någon går tillbaka med den? Och vem skulle det vara i så fall? undrade Ole. Just då kom de andra tillbaka från rummet och de blev avbrutna. Elisabet verkade inte vilja svara på frågan utan vände sig om mot Fredrik och Emma.

- Gick det bra med att bära in sängen? undrade hon.

- Jadå. Nu har vi ställt iordning så att vi har tre sängar i rummet. Det blir trångt men det blir nog bra. Men vi kommer göra så att en av oss kommer att övervaka utrustningen medan två får försöka sova eller vila, så går vi i skift hela natten. Oftast så är vi alltid två vakna och har koll på utrustningen, men det ska nog lösa sig, sa Fredrik. Han kände sig fortfarande dum efter att blivit hånad av Elisabet för det där med "en stor kille", men försökte inte tänka på det nu. Han såg på Ole som verkade vara brydd över någonting men hann inte fråga vad det var han funderade på innan Elisabet tog till orda igen.

- Jag tänkte att vi kunde gå en sväng på pensionatet så ni kan bekanta er. Det är ju inte så jättestort kanske mot vad ni är vana vid, men byggnaden är ju på två plan i flyglar plus källare så en hel del rum finns det ju ändå här, sa hon och började röra sig in mot korridoren.

- Absolut, det låter bra! sa Emma som äntligen skulle få se sig omkring i alla rum och våningar på pensionatet. Med Elisabets långsamma steg gick de allihop ut från matsalen och vidare ut i lobbyn. Men Fredrik kunde inte riktigt släppa vad det var med Oles bekymrade min och petade honom diskret i sidan medan de gick.

- Hörru! Vad är det med dig? Vad sa hon till dig medan vi var iväg? undrade han nyfiket. De passerade den fule gamle buktalardockan just då. De isblå stirrande ögonen stirrade rakt ut i lobbyn och hans små armar av tyg låg på armstödet medan benen med de små svarta lackskorna hängde stilla ner från stolen. Tusen tankar flög igenom Oles huvud och han tänkte på vad Elisabet nyss hade sagt om dockan.

*Har verkligen den där suttit där på stolen sedan 60-talet? Vad fasen menar tanten med att hon har försökt att få bort dockan men att den har kommit tillbaka? Hon måtte väl ändå skoja med mig för att försöka skrämma upp oss? Såklart hon gör! Rena rama skitsnacket hon håller på med! Haha, en docka som inte går att göra sig av med, den var bra, hehe! För det finns väl ändå inte en chans att hon talar sanning? Inte en chans. Hon är ju i sjuttioårsåldern och kanske börjar bli gaggig. Det kan ju faktiskt mycket väl vara så att hon tror på det hon själv säger.*

När Fredrik inte fick någon respons av Ole, gav han honom ännu en knuff i sidan.

- Ole! Vad sa Elisabet till dig? frågade han irriterat igen. Ole såg på honom med allvarlig blick.

- Hon… hon pratade om den där dockan som sitter på stolen. Den verkar vara…Ole tvekade.

- Vaddå? Vad är det med dockan?

- Vi tar det sen, sa Ole.

# Kapitel 4

Bara några meter in i korridoren på bottenplan fanns trappan ner till källaren. Trappan ner var bred och gjord av stora stenplattor. Trappstegen var branta och svängde kraftigt av i en snäv böj. När de kom ner och fram till en dörr, stannade hon till och vände sig om till de andra.

- Egentligen finns det inte mycket att se här nere. Här finns bara pannrummet och några förrådsutrymmen. Ja, och så tvättstugan och ett par torkrum förstås. Vill ni verkligen gå ner hit? undrade hon. Fredrik och Ole hade en varsin EMP-mätare i händerna medan Emma filmade för fullt.

- Vi vill gärna ta oss en titt även här nere för att se om det är någon aktivitet av något slag, sa Ole och såg koncentrerad ut. Elisabet suckade och låste upp dörren till källaren. En kall och rå lukt mötte dem när de steg in i det stora källarutrymmet. Fredrik fick spindelväv över ansiktet när han passerade genom dörren och viftade ivrigt bort det. Han hatade spindlar och såg på sin tröja för att se om det satt någon spindel där. Elisabet tände lampan som fanns på höger sida precis innanför.

- Här nere är jag kanske någon gång i månaden. Jag brukar elda upp de mesta av mina sopor i den stora pannan här nere. Jag är för snål för att anlita kommunen till att hämta sopor. Det mesta brinner, förutom metallburkar och glasflaskor men sådana köper jag inte så mycket, sa Elisabet och pekade in mot pannrummet. Ole höll EMP-mätaren hela tiden framför sig och väntade på att den skulle göra utslag, men ingenting hände.

- Förr sprang vi här nere ofta då vi använde oss av de stora tvättmaskinerna som finns lite längre bort i korridoren. Men jag skaffade mig en ny i vanlig storlek någon gång på 80-talet som jag har där uppe, den håller än.

- Stora tvättmaskiner? upprepade Emma.

- Ja det går det åt när man driver ett pensionat. Det blir en hiskelig massa tvätt från alla rum som det ska bäddas rent i. Det är därför vi har dessa två stora tvättmaskiner. De är inte så snabba men det ryms många lakan i dem.

De gick sakta fram till en dörr där det stod "Tvättrum" med små bokstäver. Fredrik öppnade försiktigt dörren och gick in. Det fanns fortfarande en doft av tvättmedel i rummet, fast väldigt svagt. Åtminstone doftade det rent här. Själva rummet var inte jättestort men desto större var de två gamla tvättmaskinerna. Två stycken gigantiska järnmonster stod bredvid varandra på en upphöjning av betonggolvet på en decimeter. Bakom maskinerna fanns det fullt av rör, avloppsslangar och kranar som var anslutna. En stor strömbrytare till varje maskin med en rejäl av/ på-knapp i svart bakelit fanns där också. På väggen hängde en tavla med tydliga instruktioner för hur man gick tillväga för att använda dem.

**1. Stäng avtappningskranen.**
**2. Lägg i tvätt och tvättmedel.**
**3. Fyll på vatten.**
**4. SÄTT PÅ VÄRMEN.**
**5. Sätt igång maskinen.**

6. När maskinen uppnått önskad temperatur, STÄNG AV VÄRMEN och låt tvätta önskad tid.

7. Tappa ur vattnet genom att öppna avtappningskranen.

8. Stäng avtappningskranen och fyll på vatten för sköljning. Låt skölja c:a 15 minuter. Tappa ur. Upprepa 2 gånger till.

Fredrik begrundade manualen noga.

- Det verkade vara lite pyssel innan man fick sin tvätt ren förr i tiden. Hur gamla kan de här maskinerna vara? Från 60-talet? undrade han.

- Jag har för mig att de är från tidigt 50-tal. Förresten så är de inte så krångliga att hantera om man har gjort det några gånger. Och hållbara är de med. Trummorna i dem har klarat sig i alla år. Vad jag vet så är det bara några slangar som har behövts bytas.

- Men du har alltså skaffat en liten tvättmaskin där uppe? undrade han.

- Jo, det var tvunget.

- Tvunget? undrade Fredrik.

- Jag fick inte vara ifred här nere, suckade hon. Ungdomarna tittade på varandra medan Emma filmade. *Alltså det här kommer ju bli skitbra på Youtube. Bara tanten i sig är ju tillräckligt läskig för att ha med i ett helt avsnitt! Hon skulle ju kunna vara med i vilken skräckfilm som helst. Så oerhört fårig och rynkig i ansiktet, för att inte tala om hennes utarmade smala händer. Dessutom verkade hon sakna ett par tänder i underkäken, det har jag inte sett förrän nu.*

- Tom? undrade Ole. Elisabet såg återigen besvärad ut.

- Nja, kanske det. Bäst att vi går upp igen. Det finns ändå inte så mycket att se här nere. Bara ett stort torkrum där borta. Ett mangelrum finns också på högra sidan

49

korridoren lite längre upp, men manglar har ni säkert sett förut. Seså, gå upp mer er nu, sa hon och började halta iväg bort mot trappan igen.

De gick på rad efter Elisabet upp för trappan igen och Fredrik kände sig som en liten skolpojke som hade hittat på något bus. Ole gick sist upp och han kunde inte annat än erkänna för sig själv att han kände obehag av att gå sist upp med ryggen mot källaren.

*Det var värst vad hon var tvär när vi frågade om det var Tom som härjade här nere. Och varför sa hon inte bara det, varför sa hon "kanske det"? Här nere måste vi definitivt ha en massa mätinstrument. Kanske vi till och med ska sitta här några timmar i natt? Det blir ju mysigt…*

I smyg vände han sig om för att kolla "bara utifall att", men ingen var naturligtvis där. Han skämdes för sig själv och hoppades att ingen av de andra såg att han vänt sig om. För han ville ju inte visa att han var rädd. För vad skulle de andra säga då? Skratta och säga att han minsann har valt fel yrke? Elisabet stannade till i lobbyn.

- Där bortåt är det inte mycket att visa, det finns bara en massa gästrum och en liten städskrubb. Det enda som skiljer dem åt är väl tavlorna och att en del av dem har dubbelsängar och andra enkelsängar. Men vill ni titta i dem så går det bra.

- Nja, vi kan gå dit lite senare. Vad är det där borta? undrade Emma.

- Matsalen och den har ni redan varit i. Men bortanför den har vi köket och lite skafferiutrymmen och gamla personalmatsalen. Vi kan gå dit och titta, sa Elisabet och började sakta gå utan att vänta på deras svar.

- Vi går tillbaka hit senare med fler instrument, sa Fredrik till Ole medan de gick. De var snart tillbaka i lobbyn och Elisabet stannade till.

- Jaha, det är väl lika bra att vi går upp till övervåningen då. Men jag vill att ni håller er i räcket när ni går upp för trappan, sa hon utan att röra en min. De gjorde som Elisabet sa, även om det kändes aningen fånigt. Alla höll sig ordentligt i det skraltiga gamla runda träräcket när de gick upp. Det luktade ännu mer instängt när de kom upp på övervåningen och det märktes att ingen hade varit här på väldigt länge. Luften var sval och rå här uppe och Emma rös om armarna. Ett tunt lager av damm syntes på det lilla bruna träbordet som stod direkt till vänster ovanför trappan. Färgerna gick åt brunt och orange precis som övriga pensionatet och Emma kom direkt att tänka på hotellkorridoren i The Shining, fast den här korridoren var mörkare. Det var som om tiden hade stått stilla här sedan 70-talet och faktum är att det var i princip sant. Elisabet berättade att senaste gången någon satte sin fot här var någon gång på 90-talet då hon och en man från brandinspektionen gick en skyddsrond på övervåningen då pensionatet fortfarande var i bruk. Precis ovanför trappan fanns ett litet sällskapsrum med ett par soffor och en stor bokhylla med gamla böcker samt ett träbord. Bredvid bokhyllan stod en dammsugare modell äldre. Elisabet gick vidare och in längs korridoren. Ole tittade upp mot taket och räknade snabbt. Det var bara tre av totalt åtta lampor i taket som fortfarande fungerade och det var ganska mörkt. Att det var kolsvart ute gjorde inte saken bättre. På botten av alla tre lampkuporna syntes ett mörkt lager av döda flugor som samlats där under åren. De gick in i ett rum till vänster i mitten av korridoren. Rumsnumret

207 stod i stora bronsfärgade siffror i ögonhöjd på dörren. När alla kommit in i det lilla rummet, stängde hon dörren. Fredrik satte sig lite nonchalant på sängkanten medan de andra tittade med spänning på vad Elisabet skulle säga härnäst. Hon såg sig omkring i rummet i lugn takt innan hon började prata igen.

- Det var i det här rummet som familjen Svantesson bodde. Alltså Tom och hans föräldrar. Det är också det här rummet som jag fått flest klagomål från våra gäster när de sovit här. Jag hade säkert glömt bort rumsnumret för länge sedan om det inte hade varit för just att så många har klagat på det här rummet. Jag får alltid en viss oroskänsla när jag har varit här inne. En klump i magen, lite illamående. Det är så mycket dålig energi här. Jag är inte här inne längre än nödvändigt och särskilt inte själv men jag känner att jag behöver visa er rummet där Tom brukar visa sig mest, sa Elisabet och såg besvärad ut. Hon smekte återigen nervöst på sitt krucifix hon hade runt halsen.

- Så det var här han bodde alltså, sa Fredrik eftertänksamt. Han fick en rysning längs hela ryggen precis efter att han konstaterat att han nu befann sig i rummet där Tom en gång hade bott.

- Ja, rum 207. Emma såg sig omkring med stora ögon. Rummet såg inte mer annorlunda ut än de andra hon hade sett. Men det var ändå någonting här som hon inte riktigt kunde sätta fingret på. Någonting jobbigt. En känsla av oro. Hon höll verkligen med Elisabet, det var inte behagligt att vara här.

- Kan du inte berätta lite mer om Tom? undrade Emma, som hade börjat filma med sin kamera. Elisabet såg alltid lika skeptisk ut när filmkameran kom fram, men hon sa aldrig någonting.

- Det var över femtio år sedan, men jag minns fortfarande den dagen då familjen anlände till pensionatet. De var en helt vanlig familj. Pappan var stilig och mamman var tjusigt klädd. Tom såg ut att var en helt vanlig pojke i tioårsåldern. Han hade mörktbrunt kort hår och bruna ögon. Han verkade vara ovanligt lugn för att vara en grabb i den åldern, minns jag. Jag har redan berättat för er om hur han omkom, men jag har nog inte nämnt var man kan se honom idag, sa Elisabet. Det blev knäpptyst och alla stod som förstenade.

- H-händer det ofta att man kan se honom? undrade Fredrik med stora ögon och försökte inte verka rädd men det lös igenom.

- Det kan hända flera gånger i veckan. Men det är svårt att se honom när det är dåligt väder. Man ser honom såklart inte i dagsljus, utan i mörker. Då ser man honom som en ljus gestalt. En svag ljusstrimma, en silhuett av ett litet barn. Han håller oftast till borta vid brunnen, där han en gång dog. Eller här på rummet. Jag brukar se honom från mitt fönster om kvällarna. Han brukar gå några varv runt brunnen och man ser att han tittar ner och ser besvärad ut. Efter några minuter tynar hans gestalt bort och man får vänta till nästa kväll innan man kanske kan få syn på honom igen.

- Men där ute är han inte farlig? Eller? undrade Fredrik igen.

- Jag skulle aldrig våga gå dit, så mycket kan jag säga dig! För jag vet hur lynnig han är. Tänk efter själv - ett elakt väsen och en djup och kall brunn, det är mycket som kan gå fel då om man skulle vara i närheten. Nä tack, det räcker med att han jävlas med mig här inne, sa Elisabet och snörpte på munnen. Emma gick fram till fönstret och drog sakta med handen över den dammiga fönsterkarmen. Hon fick en tår i ögat som hon snabbt försökte blinka bort när hon tänkte på dagen när Tom omkom.

*Tänk vad tragiskt, det som hände här för stackars familjen Svantesson. Hit kommer de till pensionatet för en mysig vistelse under en helg, inte ont anande om vad som skulle komma att hända dem. Efter att de hade checkat in här så skulle deras son finnas i livet i bara några timmar till. Vad gjorde de under de sista lyckliga timmarna tillsammans? Var de kanske nere i matsalen och åt en god middag? Efteråt kanske föräldrarna tog sig en eftermiddagsdrink eller kaffe. Kanske de sa åt lille Tom att han kunde gå ut och leka på tomten med de andra barnen. Någon av föräldrarna måste ha sagt de ödesdigra orden "gå ut och se var de andra barnen gör för något, så ska vi ta en kopp kaffe." Stackars lille pojk. Säkert full av förväntan sprang han ut på gårdsplanen och såg sig omkring och letade efter saker att göra. Någonstans där ute måste han ha stött på de äldre barnen, som sedan skulle lura honom att det fanns pengar i botten av brunnen. Fy vad fruktansvärt tragiskt! Hur lång tid tog det innan de hittade honom i brunnen? Vilken fruktansvärd oro som föräldrarna måste ha haft innan personalen hittade honom. Tänk den stackare som blev tvungen att dra upp en kall livlös liten pojkkropp från den där brunnen! Den stackaren måste ha haft mardrömmar i åratal efteråt. För att inte tala om den som fick lämna beskedet om hans död till föräldrarna. Tänk att få ta emot ett sådant besked, man kan ju aldrig någonsin bli normal igen.*

- Okej! Klockan börjar ticka iväg och vi har en del utrustning att montera, sa Ole som verkade ha hört tillräckligt från Elisabet och var ivrig på att få se resultat på sina instrument.

- Jag förstår det. Jag ska dra mig tillbaka till mitt rum där nere, det är det första rummet till höger. Bara knacka om det är något. Jag sitter väl uppe ett par timmar till och glor på dumburken innan jag släcker. Gå bara ut till köket och ta något att äta om ni blir sugna, ni hittar dit själva. God natt och var rädda om er, så ses vi i morgon, sa Elisabet och gick ut från rum 207 igen och vidare bort längs den mörka korridoren. Emma noterade att tanten höll sig hårt i räcket när hon gick ner för, precis som hon sagt att man måste göra.

*Antingen spelar hon väldigt bra, eller också är det någonting riktigt jävla skumt med det här huset. Jag brukar inte ha några problem att sitta uppe halva natten i ett mörkt rum där det sägs att det spökar, men jag tror jag måste be Ole vara med mig på mitt pass. Fredrik får väl reta mig då, jag bryr mig inte.*

Emma tittade på klockan. Den visade 21.15. Det var återigen dags för att försöka få en glimt av det övernaturliga. Hennes kompisar jobbade som butiksbiträden och ekonomiassistenter, men inte hon minsann. Hon dokumenterade paranormala fenomen. Inte Sveriges vanligaste jobb, direkt. Ibland undrade hon vad hon höll på med. Sitta uppe halva nätterna och stirra på konstiga instrument samt stirra på infraröda kameror i hopp om att få se någon skugga röra sig för att sedan editera alltihop och lägga upp på Youtube. Snacka om annorlunda jobb. Men hon tyckte om det. Oftast. Ibland kunde det vara lite tråkigt och ibland riktigt spännande. Men ikväll hade hon en konstig känsla i kroppen. Någonting kändes fel på något sätt. Det kändes inte bra. Var det bara inbillning, eller var det något väsen i huset som inte ville att de skulle vara där? Varför hade hon en sådan olustig känsla i kroppen? Alla andra personer de besöker som hävdar att det spökar hos dem brukar också varna dem för både det ena och det andra och de påstår att det prasslar här och det syns skuggor där. Men någonting i detta hus fick henne att känna rysningar längs armarna. På riktigt.

# Kapitel 5

- All right! Nu är det rock and roll! Ska vi rigga utrustningen på en gång så går vi och käkar något innan vi börjar? undrade Fredrik ivrigt.

- Det gör vi. Jag går ner och hämtar ett par rörelsedetektorer och lägger här uppe i korridoren. Vi kan väl ha som bas borta i allrummet där vi satt och pratade med Elisabet innan? Så stör vi inte henne. Fredrik, du kan väl ta första passet så tar jag och Emma nästa ihop? sa Ole.

- Jaha? Okej då. Men då kör jag från och med nu och fram till… 02.30 så kommer jag och väcker er då. Men jag är hungrig. Vi kan väl gå och käka något först? Hon sa ju att vi fick ta mat ute i köket om vi ville, sa Fredrik.

- Visst. Du är alltid hungrig du, sa Emma och gav sin bror en lätt knuff. De riggade en rörelsedetektor och en IR-kamera på övervåningen i rum 207, ställde en infraröd kamera mitt i trappan, delade ut en varsin EMF-mätare och ställde en REM-puck på ett av kaffeborden i allrummet. Fredrik gick ner till källaren och ställde ytterligare en rörelsedetektor mitt i korridoren. Emma ställde upp sin Sony-kamera på stativet bredvid bordet, sedan gick de ut till köket för att ta sig något att äta. Dörren in till köket var en typisk svängdörr och köket var av typisk restaurangtyp där alla ytor var av blank plåt. I mitten av köket fanns en stor avlång köksö där det hängde kastruller, stekpannor och diverse köksredskap. Men det syntes att köket var nerlagt, för ingenting annat fanns framme. Endast Elisabets slitna gamla kaffebryggare stod på en bänk bredvid kylskåpet. Den var påslagen och halva kaffekannan var full. Bredvid den gamla kaffebryggaren fanns en mycket större kaffebryggare. En sådan där med dubbla kannor där man kan flytta pipen med hett vatten från den ena sidan till den andra. Kaffefiltret var så stora på den modellen att ett helt kaffepaket fick plats, såg Emma.

- Kolla! Det finns kaffe kvar, perfekt! utbrast Fredrik och började se sig om efter en mugg. Emma rynkade på näsan.

- Det där kan du inte dricka, det har ju stått på i flera timmar.

- Desto bättre smak, svarade han och letade febrilt efter en mugg men hittade ingen.

- Ta en kopp där ute i matsalen, de står ju staplade i skåpet där ute, sa Ole lugnt. Fredrik hastade ut till matsalen utan att svara. Ole hittade en limpa, smör och pålägg i kylen som han tog fram. Han och Emma värmde en varsin mugg med te. De satte sig vid bordet där de ställt upp sin utrustning. Emma noterade att ett tjockt lager av damm låg på bordet och hon förstod att Elisabet knappast hade dammat hela pensionatet särskilt ofta, förmodligen inte alls de senaste åren. Hon förstod att den gamla tanten antagligen bara rörde sig mellan sitt rum och köket via matsalen, några andra ställen gick hon knappast till. Och varför skulle hon det? Hon levde själv, hon var gammal och säkert inte särskilt bekväm att röra sig i andra rum när mörkret kröp sig på om kvällarna. Särskilt inte eftersom hon enligt henne själv inte var ensam på pensionatet. Emma slängde en blick på tepåsen.

*Såklart. Den här påsen har nog några år på nacken. Lipton. Såhär ser inte deras förpackningar ut nu för tiden. Den är nog inköpt innan pensionatet lades ner. Fast det smakar fortfarande gott, som tur var. Sådana här tepåsar håller nog i decennier utan att bli dåliga.* Fredrik slog ihop händerna i en klapp och såg på de andra.

- Så, hörni! Vad säger ni då? Kommer vi att få se någonting i natt nu då? Har ni några höga förväntningar?

- Jag måste nog säga att jag ändå har hyfsade förväntningar. Jag tror nog att våra instrument kan ge utslag i natt, sa Ole.

- Vad som skrämmer mig är att detta ställe är det enda stället där det påstås att spöket är våldsamt. På alla andra ställen där vi varit har de sagt att det spökar, saker trillar ner, man hör någon gråter med mera. Men aldrig har vi väl varit på ett ställe där vålnaden ska putta någon i trapporna och ta stryptag på en om nätterna? Det låter ju helt befängt! sa Emma och såg smått skärrad ut. Fredrik såg tydligt att hon inte var bekväm med att vara här på pensionatet. Pensionatet med det oskyldiga namnet, Blåklockan. Kunde det verkligen finnas en vålnad här? På de flesta andra ställen där det sades spöka brukar vara byggnader från 1700- eller 1800-talet, men detta ställe var från början av 1900-talet. Dessutom dog den som sades spöka så sent som 1963. Fredrik var skeptisk och han tyckte att mycket talade emot några spökerier, men han skulle minsann ta sin uppgift på fullaste allvar i natt. Emma gäspade efter att hon hade ätit upp den sista biten av brödet, sedan tittade hon på Ole och la handen på hans lår.

- Nähä, ska vi ta och försöka sova lite?

- Det är väl lika bra. Kanske vi hinner sova ett par timmar innan vi ska bytas av. Är all utrustning på plats nu då? undrade han och såg på Fredrik.

- Ja det ska den vara. Alla kameror och detektorer på övervåningen är redan startade. Händer det någonting där uppe så registreras det och vi ser resultaten direkt här på vår laptop, sa Fredrik och klappade en gång på datorn som stod på bordet.

- Bra. Vi säger väl god natt då, så ses vi i natt när det är dags att bytas av, sa Emma och gav sin bror en kram.

- God natt med er! Jag och Tom ska snart spela ett parti poker, skojade Fredrik och lutade sig tillbaka i stolen med ett stort leende. Han såg Ole och Emma gå iväg ut från matsalen, genom lobbyn och vidare bort mot korridoren där deras rum fanns. Fredrik gick bort till strömbrytaren och släckte taklampan ute i lobbyn och även i matsalen där han skulle befinna sig under natten. Endast utebelysningen vid ytterdörren lös och svaga strålar av gult ljus spred sig försiktigt in till lobbyn. Han kunde se att den gamla receptionen lös upp av det svaga skenet. Han såg även stolen där buktalardockan satt på sin stol. Stolen var något vriden så han såg bara sidan av dockan. Det ena benet med de bruna kostymbyxorna och den lilla svarta docksskon stack fram samt armen som låg på armen på stolen. Han såg på dockan med avsky.

*Hur fan kan man placera en sådan ful docka i receptionen? Det är väl inga ungar som tycker den där är varken fin eller rolig? De där paret Svantesson måste ha fått riktigt bråttom att lämna pensionatet om de lyckas glömma en stor och ful buktalardocka. Visserligen var de väl förstås väldigt skärrade eftersom deras son hade drunknat och de hade såklart annat att tänka på än att se till att de fick med sig allt från rummet när de åkte. Men ändå. Eller lämnade de kvar dockan med flit?*

Fredrik slängde en blick på EMF-mätaren. Den gjorde inga tecken till utslag. På bildskärmen i laptopen kunde han se Svantessons rum. Han böjde sig fram för att se om någonting rörde sig på den svartvita bilden. Allt var helt stilla. Sedan tittade han på klockan. Halv elva. Han märkte plötsligt hur tyst det var i det stora huset. Utanför hade vinden mojnat och inne var det bara det svaga ljudet av datorns fläkt som lät, förövrigt var det knäpptyst. *Något ventilationssystem är det visst inte att tala om här. Bara självdrag i hela byggnaden, tydligen. Jahopp, vad ska jag hitta på nu då? Sitta och stirra in i en skärm hela natten kan man ju inte göra. Datorn piper ju till om någon utrustning registrerar något. Jag får väl göra som jag brukar, ta fram en liten joint och ta ett par bloss och bara slappa. Tur att Emma lägger på alla kommentarer i efterhand, så slipper jag försöka komma på något vettigt att säga. Det hade nog hörts på filmerna att jag hade varit hög annars, hehe.*

Han tog fram en liten plåtburk ur sin ryggsäck där han förvarade sin marijuana. Sedan tog han sin tändare och en joint och strosade in till köket och satte sig på en pall under köksfläkten och tände på. De andra visste att han inte var främmande för att röka på någon gång då och då, men de visste inte att han gjorde det under nattpassen. Och tur var väl det, annars hade han nog fått skäll av Emma. Efter ett par djupa halsbloss kände han hur en skön värme spred sig genom sin kropp. Efter tio minuter och några bloss senare fimpade han och gick sakta tillbaka ut till matsalen. Han såg sig omkring i det stora rummet. Lättad i sinnet efter marijuanan började han fundera på allt som hänt där i matsalen.

*Tänk vad mycket folk det har vistats här genom åren. Så många middagar som har serverats, så många som har suttit här och druckit kaffe i sofforna där lite längre bort. Tänk vad personal som har sprungit här fram och tillbaka och stressat med att servera luncher genom årtionden. Men den tiden är förbi för länge sedan. Nu står detta ställe nästintill helt ödsligt. Det är bara den gamla ägarinnan kvar här som vägrar överge skeppet. Inga storkok har lagats på länge i köket, ingen bäddar sängarna längre i alla de tomma rummen. Allt bara förfaller och låter tidens tand gnaga sönder stället. Vad kommer att hända när inte Elisabet finns mer? Är det värt att renovera stället? Eller är det billigare att riva och bygga nytt? Vem vet, det kanske står en stor mjölkgård här en vacker dag och endast Toms osalige ande vankar omkring av och an och kanske aldrig någonsin kommer att komma till ro. Om femtio år kanske han fortfarande går omkring på ägorna och letar efter brunnen som kanske då inte längre finns?*

Fredrik gick fram till en vägg där det satt ett flertal gamla svartvita foton uppsatta i svarta tjocka ramar. Väggen tycktes vara någon form av hyllning till all den personal som hade verkat på pensionatet under decennierna. Ett par av fotografierna var i färg. Nere i ena hörnet på ett av dem kunde han se att fotot var tagen 1983. Han var inte säker, men tyckte sig se en ung Elisabet sitta längst fram med allvarlig blick. Han tog en djup suck och gick sedan bort till sin utrustning borta vid bordet. En snabb titt på datorn visade att inga registreringar var gjorda. Kameran som visade bilden uppifrån rum 207 visade inget annat än det omoderna gamla rummet.

Lite lagom påverkad beslöt han sig för att ta en sväng ut till lobbyn för att fördriva tiden. Där ute satt den. Den finklädde buktalardockan med de isblå uppspärrade ögonen som tycktes rikta sin blick på honom vart i lobbyn han än befann sig. I handen höll Fredrik hela tiden EMF-mätaren. Han kom på vad Elisabet hade sagt om dockan. Det var något om att inte titta på den.

*Vaddå inte titta på dockan i ögonen? Vilket skitsnack. Hon vill bara försöka få det här stället att verka så creepy som möjligt. Jag förstår inte varför en gammal tant som hon vill försöka skrämmas? Ganska tramsigt att hålla på så i hennes ålder. Bah! Jag ska fan gå och glo den där buktalardockan rätt i ögonen. Vad kan hända? Börjar han tala till mig, eller? Eller blinkar den kanske, hehe!*

Där framme satt den, dockan som Toms föräldrar glömde kvar 1963 och har suttit där på stolen ända sedan dess, med några få undantag. Fredrik stod fem meter ifrån och betraktade den. Trots att det var mörkt i lobbyn så såg han den ganska tydligt. Brun kostym, bruna byxor, svarta blanka finskor och en svart fluga. Ögonen var stora och helt uppspärrade och munnen var liten, men man såg tydligt att käkpartiet var löst, så att den som använde dockan kunde röra på munnen via sin hand, som man stoppar in genom ryggen i ett hål i kostymen. Efter att ha stått och tvekat någon minut gick han sedan hastigt fram till dockan och satte sig på huk framför den. Han såg trotsigt på den rakt i ögonen. Med nyfiken blick ögnade han dockan uppifrån och ner. Försiktigt lyfte han på armen och släppte sedan ner den på stolsarmen igen. Han lutade sig fram och såg på en liten lapp i nacken på dockan. På en liten sliten tyglapp kunde han utläsa "Hergestellt in Deutschland auf Kämmer & Reinhardt 1959". Fredrik såg trotsigt på dockans stora ögon igen.

*Jaså du, dockjävel. Du är från Tyskland, från sent 50-tal. Så du är inte bara gammal och tysk, du är ful också. Så du har suttit här på stolen och tittat på alla gäster som har kommit och gått här genom åren? Trodde Elisabet verkligen att barnen skulle tycka du såg rolig ut när du satt här? Du är ju bara... direkt frånstötande. Det kan väl inte finnas någon unge som vill se dig sitta här, de har väl andra saker för sig? Hur svårt kan det vara att bli av med dig? Det är ju bara till att stoppa ner dig en i sopsäck och slänga i soptunnan så är du väck för alltid. Hade det varit jag som varit ägare här så hade du inte suttit kvar på den här gamla stolen, då hade du varit uppbränd på tippen för länge sedan, din fule jävel!*

Fredrik fnös och reste på sig och lunkade vidare genom lobbyn och bort mot korridoren på nedervåningen. Dåsig av jointen gick han något vingligt sakta bort till andra änden av korridoren. Längs de bruntapetserade, mörka väggarna hängde det diverse foton på pensionatet i olika vinklar. På ett av fotona stod ett par på trappan framför huvudingången. Fredrik gick närmare för att försöka se bättre men det var för dåligt ljus i korridoren. Medan han försökte studera fotot började det att flimra i ögonvrån och han förstod direkt vad det var. Han lyfte upp EMF-mätaren som gjorde utslag. Tre av fem dioder lös och blinkade och Fredrik fick puls direkt. Sedan slocknade en av dem och de två sista flimrade ett par sekunder till, sedan slocknade dem också. Sedan började alla fem lysa i flera sekunder innan en efter en slocknade tills alla lampor återigen var släckta.

*Helvete! Vi har aktivitet här i natt! Alla fem lampor tända, det har jag bara varit med om vid två tillfällen innan. Bäst att gå och kolla utrustningen borta vid datorn. Kanske den har spelat in något. Det borde den ha gjort!*

Med stora steg gick han tillbaka längs korridoren och vidare ut i lobbyn. I ren reflex slängde han en blick bort mot stolen med buktalardockan. Han tvärstannade i lobbyn och stirrade bort mot stolen. Den var tom.

## Kapitel 6

Klockan 02.15 öppnade Fredrik dörren till Emma och Ole för att väcka dem. De var redan vakna. Emma satt på sängkanten och sträckte på sig. Ole stod upp bredvid henne och tog en klunk Pepsi.

- Tjena, sa Ole lågmält. Fredrik nickade till svar. Han såg nervös ut.

- Har det gått bra i natt? undrade Emma. Ännu en gång nickade Fredrik och såg om möjligt ännu mer nervös ut.

- Mm, svarade han.

- Några utslag?

- EMF-mätaren hoppade till strax innan tolv-tiden. Alla fem dioder. Varade i flera sekunder.

- Härligt, det var inte igår! Vi har aktivitet! Var då någonstans? undrade Emma.

- Det var längst bort i korridoren, svarade Fredrik.

- Okej. Inga andra utslag i datorn? undrade Ole men fick inget svar på frågan.

- Ta det lugnt i natt nu. Var försiktiga, svarade han bara och trummade nervöst på EMP-mätaren.

- Jadå. Vad du verkar vara nervös Fredrik? Har det hänt något annat i natt? Har du sett någonting? undrade Emma.

- Nädå, jag är bara trött. Vi ses till frukosten, svarade han kort.

- Förresten! Jag… jag tar och låser dörren. Ni får knacka när ni kommer tillbaka. Ni vet, Elisabet sa ju att vi egentligen inte borde sova själva. Så… det kanske är lika bra att låsa, tänkte jag, sa Fredrik och såg en aning dum ut.

- Ja, självklart. Gör det. Men är det säkert att det är okej om vi lämnar dig själv nu då? Undrade Emma.

- Visst, det är lugnt. Gå ni, svarade han kort och stängde dörren efter dem. De andra gick ut ur rummet och Fredrik gick och la sig i sin säng. Lampan fick vara på. Tankarna snurrade runt i huvudet på honom.

*Vad fan var det som hände i natt? Visserligen rökte jag på lite, men så mycket var det ju inte så att jag skulle kunna få hallucinationer. Dockjäveln försvann ju! Han VAR ju där från början. Jag satt ju för fasen på huk och glodde på den, jag till och med lyfte på ena armen och kollade på lappen i nacken. "Tillverkad i Tyskland" eller nåt sånt stod det. Jag VET ju att den satt där, men bara en liten stund senare när jag gick förbi honom så var han borta. Men nu när jag gick från matsalen och tillbaka till rummet så satt den ju där igen. Hur är det ens möjligt? Vågar jag ens prata med de andra om detta? Vad ska de tro? Kan Elisabet ha smugit ut medan jag gick och vankade i korridoren? Var det hon som flyttade på dockan för att skrämmas? Hon lyckades jävligt bra i så fall. Men jag borde ha hört henne. Hela pensionatet var ju helt tyst och det enda som hördes var ju mina steg mot den mjuka hotellmattan. Det måste ha varit hon, men hur lyckades hon? Hur bar hon sig åt? Hur kunde hon ha öppnat sin dörr och smitit bort till lobbyn och flyttat på dockan utan att jag skulle märka? Inte heller hörde jag henne när hon satte tillbaka dockan på stolen igen. För inte kan väl…? Skärp dig nu, Fredrik! Dockor kan inte resa på arslet och gå iväg. Nog för att jag tror att spöken finns, men dockor kan ju inte börja röra på sig. Eller? Och hur är det men den där Tom?*

*Honom såg jag aldrig i natt. Eller var det han som gav utslag på EMF-mätaren? Fan, jag tänker sova med lampan tänd i natt. Sova själv, förresten? Man skulle ju inte det - inte sova själv, sa Elisabet. Den där Tom kunde ju komma och ta stryptag på en om natten när man sov. Det hade ju hon varit med om flera gånger. Klockan är mitt i natten och du tänker på en massa skit som hissar upp dina fantasier nu, Fredrik. Du tänker på en unge i tioårsåldern som kan komma och ta stryptag på dig. En tioårig grabbhalva! Skulle han ha någon chans mot mig, en stadig kille på 1,90 och 93 kilo? Knappast. Dessutom ett spöke. Kan de ens ha någon kraft i händerna om man bara är en vålnad? Sluta övertänk nu Fredrik och försök att sova nu en stund. Om några timmar är det frukost och du får käka med de andra. Skit samma, nu är det bäst att försöka sova. Lampan får fan vara tänd i alla fall.*

Strax innan klockan nio på morgonen kom Fredrik lunkandes bort till matsalen. Det hade varit ljust ute i över en timme. Vädret var alltjämt gråmulet och regnet hängde i luften. Där i matsalen satt redan Emma och Ole.

- Hej på dig, sömntuta! sa Ole och flinade.

- God morgon, sa Fredrik och satte sig bredvid dem i soffan.

- Hur har det varit i natt för er?

- Det har varit lugnt. Väldigt lugnt faktiskt, sa Emma och såg besviken ut.

- Men du hade visst fått fullt utslag på EMF-mätaren?

- Jo det stämmer, nickade Fredrik och tog en lång paus och fortsatte sedan.

- Men kanske inte bara det…

- Va? Märkte du av något annat i natt? Har du sett något? undrade Ole och sträckte på sig i soffan.

- Jag… jag ska börja med att erkänna en sak. Jag rökte en joint i natt.

- Men Fredrik! sa Emma och såg sur ut.

- Men jag rökte inte hela och blev inte jättepåverkad av den. Så jag tror inte att den hade någon betydelse, sa Fredrik hemlighetsfullt. Ole och Emma såg på varandra.

- Vad då betydelse? För vad? undrade Emma.

- För vad jag upptäckte i natt. Jag märkte någonting med den där äckliga jävla dockan där ute i lobbyn.

- Vad är det med den? sa Ole.

- Den… den...

- Den vaddå? sa Emma och satt som på nålar.

- Den försvann någon gång under natten, sa Fredrik och såg ner i backen, som om han skämdes när han sa det.

- Men nu pratar du väl ändå i nattmössan! Den sitter ju där ute på stolen, sa Emma.

- Jo jag såg det nyss. Och det gör mig bara ännu mer förvånad.

- Fast nu får du allt förklara dig. Menar du att den där buktalardockan som sitter där ute på stolen försvann i natt för att sedan komma tillbaka? frågade Emma.

- Den var inte där när jag kom tillbaka efter att ha gått och vankat i korridoren i natt. Jag svär! Den satt inte på stolen när jag kom tillbaka därifrån. Jag ska erkänna att jag rörde mig inte ur fläcken från matsalen efter att jag märkte att dockan var borta och när det väl var dags att byta av er, så småsprang jag till rummet. Men jag såg klart och tydligt att den var där igen! sa Fredrik som såg alldeles uppriven ut. Emma och Ole såg på varandra och sedan på Fredrik igen.

- Kom igen! Varför skulle jag ljuga om någonting sådant! Jag blir snart förbannad på er om ni inte tror på vad jag säger! sa han och ställde sig upp av irritation.

- Okej, okej! Ta det lugnt, sätt dig ner igen. Jag tror dig och Emma också. Eller hur, Emma?

- Jovisst, jag tror dig och du har ingen anledning till att ljuga. Det är bara det att jag har aldrig någonsin innan varit med om att någon av oss påstått att någonting har flyttat på sig. Bara de vi har besökt har påstått en massa saker.

- Jag... jag kanske har retat upp dockan eller nåt...

- Vaddå retat upp?

- Jag irriterade mig lite på vad Elisabet sa om dockan för oss. Hon varnade ju oss för att inte titta på dockan i ögonen när vi gick förbi. Klassisk sak för att skrämma folk och haussa upp spänningen och mystiken på ett ställe, eller hur? Så jag kunde naturligtvis inte låta bli att göra raka motsatsen. Jag gick fram till dockan och stirrade den i ögonen och lyfte lite i ena armen på den. Sedan kikade jag i nacken på den och såg en liten påsydd lapp där det stod att den var tillverkad i Tyskland någon gång på 50-talet, kommer inte ihåg exakta årtalet, fortsatte Fredrik.

- Sen då? Vad gjorde du sen? undrade Ole spänt.

- Inte mycket. Jag gick vidare längs korridoren här på bottenvåningen. Långsamt gick jag där av och an och kollade på tavlorna på väggarna i dunklet, men sedan när jag kom tillbaka in till lobbyn så såg jag att dockan inte var där, sa Fredrik. Ole och Emma lyssnade med stora ögon på Fredrik när han berättade om vad som hänt under natten. En dörr slogs igen lite längre bort i korridoren och alla ryckte till. Strax därpå kom Elisabet.

- God morgon på er. Bra att ni har hittat något att äta. Hur har det gått i natt? undrade hon och satte sig försiktigt i soffan bredvid Emma. Det blev tyst en stund tills Emma tog till orda.

- God morgon. Vi sitter just och diskuterar natten. Det har tydligen hänt en sak under Fredriks pass. Ska du själv berätta? undrade Emma.

- Jo, jag berättade nyss för Emma och Ole att… äsch det här kanske låter larvigt men…

Elisabet avbröt honom plötsligt.

- Låt mig gissa, herr Knoblauch rörde på sig under natten. Ja, han kallades visst så, den där buktalardockan som glömdes kvar här på pensionatet, sa Elisabet. Fredrik svalde och stirrade på henne. Till slut nickade han intensivt.

- Hur fan visste du det?! utbrast han.

- Du pratade med honom i natt, inte sant? Det skulle du ju inte ha gjort, jag varnade ju er för att se honom i ögonen! sa Elisabet strängt. Allt Fredrik lyckades få ur sig var ett torftigt "förlåt".

- Den där dockan ska sitta på sin stol och låtas få vara ifred! Vad sa du till honom? undrade Elisabet argt.

- Jag… lyfte på hans arm och sa att jag tyckte han var… ful, sa Fredrik och skämdes. Elisabet ställde sig upp och tog sig för munnen. Ole såg på henne.

*Herregud! Hon har ju verkligen skräck i blicken! Tanten ser ju helt livrädd ut. Hennes ögon tårar sig ju och det fanns ingen möjlighet i världen att hon kan fejka sin rädsla så här bra. Nu har nog Fredrik ställt till det ordentligt för oss. Vad är det för ett jävla ställe vi har kommit till egentligen?!*

Emmas tålamod var inte känt för att vara särskilt bra.

- Elisabet, allt Fredrik gjorde var att lyfta på en arm och prata lite med… herr Kno…Knoblauch? Hur kan det vara så farligt? undrade hon. Tanten tog en lång paus innan hon fortsatte, som om hon tvekade på om hon skulle berätta för dem eller inte.

- Jag har inte varit helt ärlig mot er. Jag skulle ha berättat för er om Herr Knoblauch från början. Ibland kan Tom yttra sig via dockan. Han tar sin materiella form genom honom. Tom själv är ju en ljusgestalt, ett spöke om man så vill, men för att kunna göra någonting fysiskt så går Tom in i herr Knoblauch och gör… saker. Det är i alla fall vad jag tror, sa Elisabet och satte sig ner igen. Emma funderade lite.

- Så när du säger att Tom har knuffat dig i trappan och tagit stryptag om dig, har det varit dockan då?

- I trappan har det varit herr Knoblauch som har knuffat mig. I alla fall fysiskt, men om det är Tom som låg bakom knuffen vet jag inte. Sista gången jag blev knuffad i trappan och låg längst ner med bruten arm, så tittade jag upp medan jag grät av smärta. Då satt herr Knoblauch på ett av trappstegen och stirrade på mig. Jag svär, det var dockan som hade flyttat sig från sin stol. Jag var så rädd då, så fruktansvärt rädd när jag såg dockan sitta där på trappsteget och stirra på mig. Han måste ha gömt sig någonstans på övervåningen och lurpassat på mig. Jag svimmade av smärta efter en liten stund och när jag vaknade igen så var inte dockan kvar. Jag lyckades på något sätt ta mig ut till min lilla bil och åkte till sjukhuset för att gipsa armen och när jag kom tillbaka så satt dockan på stolen igen på sin vanliga plats. Vad gäller stryptagen så har jag aldrig sett dockan i mitt sovrum, men när jag vaknat och inte fått någon luft så har jag haft lakanet virat ett varv runt halsen. Men jag skulle inte bli förvånad om herr Knoblauch skulle kunna ta stryptag med, sa Elisabet.

- Okej, du har verkligen övertygat oss alla här. Det händer verkligen sjuka saker på ditt pensionat. Men om nu dockan har flyttat på sig under natten så borde vår övervakningskamera ha fångat det på film. Låt oss gå igenom vår materiel för att se med egna ögon, sa Emma. Hon såg på Elisabet och väntade på någon sorts reaktion.

*Är det nu som tanten avslöjar sin bluff? Ska hon motsäga sig eller låta oss gå igenom filmen? Nu kommer vi äntligen få svart på vitt. Brorsan påstår att dockan har lämnat stolen under natten och Elisabet ser inte det som någonting konstigt, men om detta stämmer så ska banne mej det synas på filmen! Tanten verkar fortfarande vara lugn. Hon tror alltså att vi kommer att upptäcka rörelser på dockan i filmen. Helt jävla sjukt om dockan börjar röra sig från stolen, då skiter jag på mig och åker hem. Helt jävla allvarligt, så sticker jag och slutar med spökjakt för all framtid!*

- Ta ni och gå igenom nattens film i lugn och ro, jag ska inte störa er. Jag går ut i köket och börjar med lunchen. Det blir kalops, sa hon torrt och gick sakta iväg bort mot köket. Strax var ungdomarna ensamma. Ole satte sig vid datorn.

- Okej hörni. Snart ska vi få se om dockan rörde sig i natt eller inte.

- Du menar att strax så ska ni få se om jag talar sanning eller inte, sa Fredrik surt, men fick inget svar.

- Vi behöver ju inte se hela natten. När ungefär tror du att dockan försvann? undrade Ole.

- Det måste ha varit en bit efter elva. Säkert halv tolv.

- Okej, då börjar vi gå igenom Kamera 2 från klockan elva, bara för säkerhets skull. Vilken tur att den kamera som ska bevaka trappan även får med stolen med dockan på. Det tänkte jag inte på när jag satte upp kameran. Titta, den syns längst upp till vänster i bild. Den är liten i bild, men den syns ändå ganska tydligt, sa Ole.

- Ja, man ser ju tydligt att det är en stol med en docka som sitter där på, sa Emma och böjde sig närmare skärmen.

- Ja. Om dockan, eller herr Schweinkopf eller vad fan den nu hette, skulle röra sig så ser vi det klart och tydligt i bild, sa Ole. Emma gjorde en grimas tillbaka som om att Ole inte borde hålla på och skämta sådär. Visserligen var hon fortfarande lite skeptisk men hon skulle aldrig våga prata så om dockan. För man vet ju aldrig om det skulle få konsekvenser. Hon kände att det var lite som att gå in i en kyrka och svära. Hon var inte kristen och hon trodde inte att hon "skulle få någon blixt i huvudet" om hon skulle säga en svordom i kyrkan. Men om hon hade gjort det så skulle det verkligen inte kännas bra. Hon skulle ha känt sig illa till mods, för "man vet ju aldrig." Dessutom vore det väldigt respektlöst. Precis som nu. Det hade känts respektlöst att prata skit om dockan, "för man vet ju aldrig." Ole spolade bandet i dubbla hastigheten. Det pirrade i hans mage av iver.

*Inom en halvtimme som allra längst får vi veta sanningen. Tänk om det hela är ett spratt? Kan det till och med vara så att Fredrik var med på sprattet? Känner han Elisabet sedan tidigare? Nä! Inte en chans. Om dock-jäveln börjar röra sig nu, då har vi någonting riktigt stort på gång. Det kommer att välta hela internet ifall vi har fångat ett spöke som tar sin andliga form i en buktalardocka och börjar röra på sig. Då kan verkligen Jocke och Jonna slänga sig i väggen, vi kommer bli världsberömda!*

Minuterna gick och alla tre satt helt knäpptysta och stirrade på den svartvita filmen från natten innan som spolades upp i dubbel hastighet. De såg trappan till höger i bild. Man kunde se lite drygt halva trappan upp, innan den svängde av till vänster där uppe. Man kunde se en liten del av receptionen samt den klassiska tavlan bakom med alla pensionatets nycklar och brevfack. Man kunde se den slitna mattan i lobbyn som täckte större delen av rummet. Man kunde även se en liten bit av herr Knoblauch sitta på sin stol, där ena benet med den lilla svarta skon stack fram längs stolsbenet.

# Kapitel 7

Minuterna gick medan bandet spelades upp. Ingen sa något. Bilden visade bara en tom lobby där ingenting verkade röra sig. När filmen visade 23.13 hände något. Fredrik kommer in från vänster i bild.

- Vänta! Vänta, spela upp bandet i vanlig hastighet! ropade Emma ivrigt. Ole gjorde som hon sa men backade tillbaka till precis innan Fredrik kom in i lobbyn från matsalen. Trots att det var ljud i filmen så hördes ingenting. De kunde alla se hur Fredrik sakta gick några steg in i lobbyn för att sedan vända sig åt dockans håll. Han gick dit och satte sig på huk.

- Sitter du och pratar med dockan? undrade Ole.

- Jag sa ju innan att jag gjorde det ju! sa Fredrik irriterat.

Ett svagt mummel hördes men det gick inte att uppfatta vad han sa. Ole skruvade upp volymen till max men det blev fortfarande inte hörbart. De kunde nu alla se hur Fredrik lyfte upp dockans arm för att sedan böja sig fram och titta i nacken på dockan. Fredrik reste sig sedan och verkade säga någonting mer till den för att sedan resa sig och sakta gå vidare och bort längs korridoren med rummen. Nere i höger hörn på skärmen syntes klockan, den visade 23.15 precis när Fredrik försvann vidare bort längs korridoren.

Emma gav plötsligt till ett högt skrik så att de andra ryckte till och hon tappade kaffekoppen som hon höll i handen. Kaffet rann ut på bordet och ner på golvet, men datorn klarade sig. Hon svor högt.

- Kolla dockan! Kolla dockan! Den rör på sig!!! skrek hon. Alla kunde tydligt se hur herr Knoblauchs huvud vred sig åt sidan, bak mot Fredrik när han hade lämnat dockan för att gå vidare bort mot korridoren. Strax därpå klev dockan försiktigt ner från stolen och rörde sig med små steg närmare kameran och mot trappan som ledde upp till övervåningen. Just när dockan passerade kameran och vek av upp mot trappan blev bilden grynig. Någon form av störning från dockan verkade påverka kameran. Bilden av dockans ansikte blev så pass otydlig att man knappt kunde urskilja att det var en docka på filmen, men man kunde tydligt höra hur den väste någonting.

- Men herregud! Den säger någonting! Hörde ni? Vad sa den för något? sa Emma förskräckt. Fredrik sa fortfarande ingenting, han bara iakttog filmen med stora ögon. Ole spolade tillbaka filmen till precis när dockan rörde på huvudet. Han zoomade in dockan och såg att det inte bara var huvudet som rörde sig, även blicken verkade följa efter Fredrik när han gick in i korridoren. Emma vände sig om till Fredrik, som stod bakom henne. Han var likblek och bara stirrade på datorskärmen utan att säga någonting.

- Hur är det med dig Fredrik? Sätt dig ner lite, brorsan. Ole kunde inte låta bli att fälla den klassiska kommentaren.

- Hehe, hur är det fatt? Du ser ut som om du sett ett spöke, skrattade Ole, men innerst inne försökte han bara skoja för att dölja sin nervositet. Men Fredrik tyckte inte alls det var roligt. Istället pekade han på skärmen.

- Kan du försöka få fram vad dockan säger precis innan han går upp för trappan? sa Fredrik plötsligt. Ole spolade fram, höjde volymen till max och startade. Det hördes mycket bakgrunds-brus men även en röst som lät som en liten pojkes. Det var svagt och lätt väsande, men man hörde ändå tydligt orden som kom från dockans mun.

- ...Fredrik... han ska få... ingen kallar mig ful... ska döda honom...straffas ska han...

Alla kunde tydligt höra orden från filmen. Ole pausade filmen och såg på de andra. De var mållösa och bara stirrade in i skärmen. Till slut började Emma prata.

- Grabbar, jag tror att vi precis har bevittnat en äkta vålnad. Aldrig någonsin har vi fått med någonting liknande på bild och frågan är om detta inte är unikt i hela världen. Fatta att vi har detta på band! Det här var det absolut jävligaste jag har sett! Vi kommer bli berömda som fan! sa Emma, som inte brukade svära särskilt ofta. Ole satt mest och gapade och försökte förstå vad han nyss hade bevittnat. Fredrik, som nyss var likblek började nu att svettas. Små pärlor av svett syntes i pannan på honom och han såg påtagligt nervös ut.

- Där ser ni! Jag ljög inte för er, dockjäveln rörde på sig! Den såg efter mig när jag gick vidare bort mot korridoren. Fy fan vad äckligt! nästan skrek Fredrik och vände sig oroligt omkring som för att se efter att inte dockan skulle stå bakom honom.

- Okej hörni. Ska vi försöka samla oss lite. Vad innebär detta rent konkret? frågade Ole som var den mest samlade av de tre.

- Detta innebär att nummer ett, så finns här paranormal aktivitet så det står härliga till. Nummer två, när vi lagt upp detta på vår Youtube-kanal så kommer vi få många,

många fler följare och kanske till och med rika till på köpet. Nummer tre, så tycker jag att vi inte är färdiga här. Vi borde stanna kvar här minst en natt till för att se om vi kan fånga någonting mer på film, nu när vi vet att det verkligen förekommer skumma saker här. Nummer fyra, Elisabet talar sanning, vi kan hädanefter nog lita helt på vad hon säger, sa Emma.

- Du har rätt i allt du säger, men tänk på vad Elisabet sa. Hon vill ju ha hjälp med att få bort den här anden. Tom, herr Knoblauch eller vad vi nu ska kalla honom, men vi har ju inte den kompetensen. Kan vi inte göra så att vi försöker få hit någon som kan hjälpa henne? Vi kan i så fall stanna kvar och dokumentera det, så vi får ännu mer material att lägga upp på kanalen. Vi skulle definitivt tjäna på det, sa Ole.

- Jo. Det finns personer som bara sysslar med sådant. Men de brukar inte direkt göra reklam för sig, för det är många som tycker att de sysslar med hokus-pokus. Men jag känner till en person som jobbar med demonutdrivning, spökutdrivning och liknande, sa Fredrik.

- Gör du? Det kan jag tänka mig, sa Emma och flinade.

- Jag var i en affär i Stockholm i våras som sålde sådan utrustning som vi använder och då överhörde jag ett samtal mellan butiksägaren och den här snubben. Samtalet lät intressant och det är ju inte ofta det är äldre personer som håller på med paranormala grejer nu för tiden och du vet ju hur jag är. Jag började såklart att prata med honom. Jag presenterade mig och talade om att jag jobbade på Ghostlights och så vidare. Det slutade med att vi bytte mobilnummer, jag tror jag har kvar den lappen i plånboken någonstans, sa Fredrik och började leta i sin plånbok bland alla små lappar som fanns där.

- Vad heter den här killen då? undrade Ole.

- Kommer inte ihåg. Något tyskt namn har jag för mig, sa Fredrik och fortsatte rota i sin plånbok.

- Här! Jag hittade lappen! Gubben heter Emanuel Bauer.

- Elisabet skulle ha ringt honom istället för oss, sa Emma.

- Jo, men han är ganska anonym och det verkar som att han har detta med utdrivning som en hobby vid sidan om, så han hjälper inte jättemånga kunder om året.

- Hur får folk tag i honom då? undrade Ole.

- Vart brukar folk söka sig till när de tror att de har demoner hemma? Om de misstänker att någon är besatt, vem går de till då? Jo kyrkan!

Ole såg förvånat på Fredrik.

- Kyrkan?

- Alltså, till en katolsk kyrka. Och varför gör de det? Jo för att de har sett på Exorcisten på tv. Så de söker upp en präst i en katolsk kyrka och talar om sina problem. Men det är bara det att det finns typ bara en exorcist i Sverige och dessutom så är de flesta som kommer och söker hjälp inte i behov av en exorcist utan en andeutdrivare och då brukar prästerna hänvisa till Emanuel Bauer, fortsatte Fredrik.

- Men då ringer vi honom då och frågar om han vill komma hit, sa Emma.

- Ja jag tycker nog det. För det här är ingenting för oss. Vi har utrustningen för att upptäcka paranormala fenomen, inte driva bort dem från platsen. Men detta kan få jävligt många följare på Youtube! sa Fredrik och log nu med hela ansiktet. Färgen på hans kinder hade kommit tillbaka något och han hade slutat att svettas.

- Vi måste fråga Elisabet först om hon tycker vi ska kontakta honom. Han är nog inte gratis och Elisabet kanske inte har råd? sa Emma.

- Vi pratar såklart med henne först, men jag skiter i vad han kostar, vi kan väl betala hans arvode? Jag tror vi har igen det.

- Ja. Försök att få hit honom. Om Elisabet inte vill betala så kan väl vi göra det, tycker jag, sa Ole. Emma nickade instämmande.

- Jag går ut till Elisabet i köket och frågar. Vänta lite tills jag kommer tillbaka, sa Emma och gick ut till köket. Efter bara ett par minuter kom hon tillbaka med ett leende på läpparna och gjorde tummen upp.

- Kör!

- Bra. Jag går och ringer honom med en gång och frågar om han kan tänka sig komma hit, sa Fredrik och reste sig. Han som hade problem att prata i mobilen utan att ha en cigarett i andra handen, gick mot framsidan och tänkte ställa sig på grusgången framför pensionatet. Motvilligt gick han emot lobbyn där herr Knoblauch satt borta i hörnet på sin stol. Han kunde inte låta bli det, utan slängde en hastig blick bort mot dockan. En snabb blick bort mot den och han kunde konstatera att den satt där på sin plats och stirrade rakt ut i lobbyn. Sedan gick han vidare ut på yttertrappan, tände en cigarett och slog numret till Emanuel Bauer.

# Kapitel 8

Under tiden som Fredrik stod och ringde till Emanuel Bauer, passade Emma och Ole på att spola fram filmen för att se när dockan skulle komma tillbaka. Men bara några minuter efter att dockan lämnade sin plats, slutade filmen att fungera. "Memory error" dök upp på skärmen, sedan stängdes filmen av.

- Fan också! Hur är det möjligt? skrek Ole.

- Lugn, älskling. Minneskortet i kameran måste ha gått fullt eller nåt. Jag stoppade aldrig in ett nytt, utan fortsatte med det som redan satt i. Slarvigt av mig. Men vi fick ju med när dockan lämnade stolen, så vi har ju bevis på att den rörde sig, eller hur? Jag har redan tankat upp filmen till Dropbox, så den finns säkerhetskopierad, sa Emma.

- Suck, jaja. Du har rätt. Har du kollat att filmen som ligger på Dropbox är läsbar då? undrade han.

- Såklart jag har, oroa dig inte. Men jag behöver lägga upp en liten teaser på Instagram med, så folk blir nyfikna på vad vi gör här på pensionatet, sa Emma. Just då kom Fredrik tillbaka med stora kliv.

- Jag fick tag på Emanuel Bauer. Han tyckte det lät intressant och kan vara här redan ikväll, sa Fredrik och log stort.

- Va gött! Skitbra, då får vi hit ett riktigt proffs. Hoppas han inte har något emot att vi dokumenterar honom, bara. För om vi kan filma när han försöker driva ut ett spöke, ja då kommer vi få många likes på vår kanal, sa Ole.

- Men då har vi dagen på oss att försöka fördriva tiden på något sätt. Jag känner att jag vill lägga upp något på vårt Instagram-konto, så jag vill nog gå in på rummet och editera lite. Vad ska ni göra? undrade Emma. Grabbarna såg på varandra.

- Bra fråga. Det är väl lunch om ett par timmar skulle jag tro. Jag kan gå och fråga Elisabet när maten är klar, sa Fredrik och reste sig och gick in i köket.

- Du kan väl stanna här tills efter maten? Du hinner fixa med Instagram sedan, sa Ole och la armen om sin tjej. Emma log.

- Visst, sa hon med ett ansträngt leende. Ole såg att någon inte stod rätt till.

- Vad är det?

- Alltså, det känns faktiskt inte riktigt bra att vara här. Det kryper i kroppen på något sätt. Det känns olustigt på något vis, sa Emma och skruvade på sig i soffan.

- Hur menar du?

- Jag menar, först berättar Elisabet om det stackars barnet, Tom och nu den där äckliga dockan. Jag kan inte riktigt fatta att vi såg den röra sig på filmen. Det känns så overkligt. Jag känner mig ovälkommen här. Som om jag inte får vara här. Och ändå så är vi kvar och ska till och med sova här en natt till. Jag ska erkänna att det är få ställen som har fått mig att känna mig så illa till mods som det här pensionatet. Tänk om det händer någon av oss någonting? Vad gör vi då? snyftade Emma, som inte längre kunde hålla tillbaka en tår.

- Men lilla gumman, gråt inte. Det är ingen fara. Jag är ju hos dig hela tiden. Och Fredrik är ju med här. Jag lovar, ingenting farligt kommer att hända dig. Vi stannar här en natt till och dokumenterar. Om några timmar kommer en expert och ska driva bort Tom härifrån. Och om han försvinner så kommer ju heller inte dockan att kunna röra sig, eller hur? Tror jag inte i alla fall. Tänk på allt vi kommer att kunna lägga upp på Project Ghostlights! Detta kommer vi kunna tjäna grova pengar på! försökte Ole trösta. Men Emma fortsatte gråta tyst och torkade bort en tår med baksidan av ena handen.

- Men jag tycker faktiskt att det här är läskigt. Jag är rädd, på riktigt. Ole, jag vill hem! Snälla, kan vi inte bara åka hem? bönade Emma.

- Snälla Emma, bara en natt till. Vi har helt enkelt inte råd att gå miste om den här chansen. Vi behöver verkligen de här pengarna som detta stället kan ge. Snart kommer Emanuel Bauer, han vet säkert vad han håller på med så då finns det ingenting att oroa sig för. Bara en natt till, det är allt jag ber om. Snälla Emma, för min skull? bad Ole med sin vänligaste blick. Emma funderade en stund.

- Okej då. Men du får lova mig att när det börjar bli mörkt här, så får du inte lämna mig ensam. Antingen så får du vara med mig, eller så får Fredrik vara det. Men ni får inte lämna mig ensam. Kan du lova det?

- Självklart. Jag ska inte lämna dig i sticket. Ingen bör nog vara själv när det är mörkt på det här stället, sa Ole. De kramades en lång stund tills de avbröts av Fredrik.

- Hej på er turturduvor. Jag har pratat med Elisabet om Emanuel Bauer. Hon blev bara lättad när jag berättade om honom och jag lovade att vi står för hans arvode. Det kvittar vad han ska ha, vi lär ändå få igen pengarna så länge han bara låter oss filma, sa Fredrik glatt och satte sig ner i soffan bredvid de andra. De följande två timmarna ägnade de sig åt att bara slöa framför mobilerna i soffan, samt att ta igen sig för förlorad sömn under natten.

De åt lunch efter en liten stund tillsammans med Elisabet i den stora matsalen. Elisabet var knappast någon glädjespridare och stämningen var tämligen dämpad. Maten var däremot god och väl tillagad. Det märktes att Elisabet måste ha hjälpt en hel del i köket när pensionatet var verksamt. Till den goda kalopsen serverades kokt potatis med svartvinbärsgelé och en enkel grönsallad. Grabbarna frågade om de fick gå husesyn en gång till i pensionatet under eftermiddagen, vilket inte Elisabet hade några problem med. Hon gav Fredrik en nyckelknippa med diverse nycklar som ledde till både källardörrar, dörren upp till vinden, till alla gästrum samt en nyckel ut till förrådet på baksidan av byggnaden.

- Tack så jättemycket för maten, Elisabet! Det var verkligen gott. Vi har några timmar på oss innan Emanuel Bauer kommer hit. Jag tänkte gå in på rummet en stund. Tänkte lägga upp ett par snuttar på Instagram och gå igenom lite bilder som vi har tagit här, sa Emma.

- Kul att det smakade. Jag vet inte vad det där Instagram är för något, men det blir nog bra. Låt tallrikarna stå så ordnar jag det. Jag är väl på mitt rum under eftermiddagen. Ni får knacka på när han kommer, sa Elisabet.

- Ja tack så mycket. Det var nog den godaste kalopsen jag har ätit. Jag och Ole går väl en sväng runt i huset och på tomten och fördriver tiden en stund, sa Fredrik och torkade sig om munnen med servetten. Elisabet gjorde en antydan till ett leende, men mer än så var det inte. Hon såg orolig ut, nästan nervös. Emma lämnade matsalen och gick mot sitt rum. Hon visste vem som satt på en liten stol där borta i hörnet med blicken utåt men hon lyckades fokusera sin blick på korridoren. När lobbyn var bakom henne slappnade hon av igen. När hon stod utanför sitt rum, som bara var två rum mellan deras och Elisabets, så tog hon upp nyckeln och krånglade in den i hålet. Även om inte herr Knoblauchs blick var riktad mot henne så kände hon ändå att hon ville in i rummet så fort som möjligt. Om hon vände på huvudet åt höger så skulle hon kunna skymta honom. Hon fick plötsligt en syn framför sig. *Tänk om jag vänder mig om och tittar bort mot lobbyn och ser att den lille dockan kommer gåendes mot mig? Jag har aldrig i mitt vuxna liv kissat på mig, men jag tror nog att jag skulle göra det då. Skärp dig nu Emma. Varför skulle dockan gå mot dig mitt på ljusa dagen? De andra är ju fortfarande kvar där borta i matsalen. Men varför får jag inte in nyckeln i nyckelhålet?*

Hon fipplade en stund med nyckeln. Först vred hon åt ena hållet och tryckte nervöst ner handtaget, men dörren öppnade sig inte. Hon svor tyst för sig själv och vred åt andra hållet. Hon kände en instinktiv känsla att vilja vända sig om och se bort mot lobbyn men gjorde inte det. Dörren öppnade sig till slut och hon klev med en lättad suck in i sitt rum. Skorna ställde hon direkt till vänster innanför rummet under klädhängaren och gick sedan in på toan. Medan hon satt där och begrundade den slitna gamla toaletten sprang en liten silverfisk förbi hennes ena fot. Hon ryckte till och lyfte upp båda fötterna tills den hade försvunnit under badkaret.

*Fy vad äckliga de är! Jag har nog inte sett en sådan sedan jag var liten och var på toan i källaren hemma hos farmor och farfar. Jag vet att de är helt ofarliga, men de är så himla äckliga. Och snabba. Men de trivs väl här på de här gamla toaletterna som mestadels* stått oanvända de senaste decennierna. Finns det en så finns det säkert hundratals. Undra hur det ser ut under badkaret och bakom listerna? Brr! Man kan ju bara hoppas på att Elisabet har det finare inne i sitt rum. Men det är inte säkert med tanke på hur hon är klädd och hur hon ser ut. Okammat, långt och stripigt hår och inte en gnutta smink och inga smycken. Jo förresten, ett stort guldkors har hon runt halsen, såg jag. Den brukar hon ta på ibland när hon pratar med oss.

Emma la sig på sängen och tog fram sin mobil. Hon hade inte skrivit något till sin lillasyster på hela dagen. Normalt sett brukar det knappt hinna gå en timme mellan deras sms, men idag hade hon inte haft tid. Mobilen visade två olästa sms från Bea, hennes syster.

"Hej, hej! Hur går det på pensionatet? Finns det potential där? Har inte hört nåt från dig… Mamma och jag var på stan igår, hittade skitsnygga skor." Emma såg bilden på skorna och förstorade bilden. Inte hennes smak direkt, men de var väl helt okej.

"Snygga. Tror vi har nåt stort på G här faktiskt. Du skulle aldrig tro mig om du inte ser med egna ögon, men vi har filmbevis! Kommer senare på kanalen, håll utkik! Läskigt ställe, vill bara hem, men vi stannar en natt till" svarade Emma. Hon öppnade Instagram-appen och började lägga till några bilder. Först på pensionatets framsida, från den stora uppfarten till pensionatet, sedan ett par bilder från matsalen och ett på den mörka korridoren med alla gästrum. Bara dessa bilder såg tillräckligt otäcka ut för att pocka på uppmärksamhet. Den fallfärdiga utsidan, brunnen där Tom drunknade, den tomma och öde matsalen och den mörka korridoren, alla dessa bilder var som hämtade ur en skräckfilm. Emma skrev en text till bilderna innan hon la upp dem på

Instagram. "Av alla ställen som vi i Project Ghostlights har varit på så är detta det mest skrämmande. Aldrig tidigare har vi fångat ett riktigt spöke på bild, men i går kväll hände det! Vad sägs om detta: en otäck buktalardocka som börjar gå av sig själv mitt i natten? I brunnen på ena bilden drunknade en pojke på 60-talet och hans ande verkar leva kvar här. Håll utkik på vår Youtube-kanal de närmaste dagarna!" Bara någon minut senare kom svaret från Bea.

"Skämtar du??? Måste vara fejk fattar du väl! Sorry, men ni måste ha blivit lurade. Men ska kolla videon sen på Youtube."

*Fejk? Lurade? Lilla syrran, vänta du bara tills du ser filmen på Youtube. Men jag förstår dig, jag hade nog inte heller trott på detta om någon berättade samma sak. Usch, vad trött jag blev efter maten.*

Emma kände ur tröttheten kom smygandes och hon gäspade medan hon sträckte på sig. Hon fortsatte slötitta en stund till på mobilen men kände hur ögonen blev allt mindre och svårare att hålla öppna.

*Jag kan väl lika gärna blunda en stund nu när jag ändå ligger i sängen. Vi har ändå ingenting att göra nu på flera timmar.*

Emma la ifrån sig mobilen på nattduksbordet och la sig på sidan och drog den grå filten över sig som låg på sängen. Pulsen sjönk och andningen blev långsam och djup. Hon klev snart in i en värld mittemellan sömn och vakenhet.

## Kapitel 9

Fredrik och Ole stod kvar i matsalen med Elisabets nyckelknippa i handen. Båda var fulla av förväntan och lite smått ivriga. Ole kände sig som om han var tio år och på skattjakt med kompisar.

- Jaha, var ska vi börja tycker du? I källaren? undrade Fredrik.

- Nja, där har vi ju redan varit, sa Ole och svalde hårt. Han hade verkligen ingen lust att gå dit ner igen. Dessutom hade de ju redan varit där och det fanns nog inte mycket mer att se där än de två stora tvättmaskinerna och torkrummet. Ett par rum fanns visserligen där nere som de inte varit i, men enligt Elisabet så var de tomma nu men hade fungerat som skafferi och förvaringsutrymme förr i tiden. Och ett pannrum är ju ett pannrum, ett smutsigt litet utrymme med en stor oljetank samt själva pannan.

- Du har rätt, där nere finns ingenting att se. Men vi kan ju placera ut en rörelsedeckare och en para-scope där. Det glömde vi ju igår när vi var där. Men det kan vi göra senare när Emanuel Bauer kommer, sa Fredrik. Ole nickade belåtet.

- Vi kan väl gå ut en stund? Det står ju ett annex på tomten och sedan har vi ju den där brunnen som pojken drunknade i. Jag tror inte att Emma har filmat något på brunnen, så det kan vi göra, föreslog Fredrik.

- Låter bra. Sa Elisabet något om det förekom någon paranormal aktivitet i annexet?

- Hon har inte nämnt det stället över huvud taget. Vi går dit! sa Fredrik och började gå mot utgången. Fredrik började krafsa i fickan när han tog i handtaget på ytterdörren. Han fick upp ett cigarettpaket av märket Marlboro. Ole stängde den skraltiga gamla ytterdörren efter dem och passade på att ta ett djupt andetag innan Fredrik fick fyr på sin cigarett.

- Ahh! Äntligen lite frisk luft, hehe. Det finns ju för fan ingen ventilation på det här pensionatet. Det känns som om man sakta blir kvävd där inne, beklagade han sig och drog upp kedjan på sin jacka. Det var kyligt ute. Vädret var grått och allmänt tråkigt. Regnet hängde i luften men än så länge var det uppehåll. Några kråkor kraxade en bit bort. Medan Fredrik stod och rökte, såg sig Ole omkring där han stod uppe på entrétrappan. Ett räcke fanns på båda sidor. Färgen på räcket var vitt, men det mesta var hade flagnat bort. Han petade försiktigt på en flaga som fortfarande satt kvar.

- Det är synd att hon inte har tagit hand om stället bättre, sa han och pillade bort flagan.

- Jo visserligen. Men vad skulle du ha gjort om du bodde kvar här alldeles ensam? Varför skulle Elisabet bry sig om det var färg på kåken eller inte? Hon lär väl knappast orka bo kvar här mer än max tio år till innan det blir dags för hemmet och vad gör väl det om några träplankor på fasaden börjar ruttna? Hon har nog dessutom inte råd, sa Fredrik och tog ännu ett bloss.

- Tror du det tillhör mycket mark till fastigheten?

- Ja jag har för mig att det tillhörde lite skog samt grönområdet ner till en sjö i närheten. Men det lär ju vara utarrenderat. Du ser ju hur det ser ut här, allt är ju misskött och igenvuxet. Man kan ju tydligt se att gräset har tagit överhanden här på grusuppfarten till exempel. Lite beklagligt faktiskt, sa Fredrik och fimpade sin cigarett på cementtrappan och slängde sedan fimpen i gruset.

- Ska vi börja med att ta en titt på gårdsbrunnen? sa Fredrik och började gå innan Ole hann svara. Brunnen bestod av en murad rund cirkel med ett litet trätak i vinkel över. Det hade nog varit ett lock över brunnshålet en gång i tiden, men den var borta nu. Trätaket var full av mossa och hela träkonstruktionen var fallfärdig. Fredrik tog upp sin iPhone och började filma.

- Så det var alltså här som den stackars pojken Tom Svantesson från Åmål drunknade för sextio år sedan. Ett elakt pojkstreck som gick överstyr och Tom bragdes om livet en varm sommarkväll 1963. Man kan riktigt tänka sig hur den stackars pojken måste ha kravlat och kämpat för sitt liv där nere i det iskalla brunnsvattnet. Kämpade och skrek i säkert flera minuter innan hans kropp tillslut gav upp och sjönk ner vattnet, sa Fredrik med dramatisk röst och filmade ner i brunnen. Han lutade sig över kanten. Det var mörkt, men långt där nere så reflekterades en liten springa från ljuset från den mörkgrå himlen nere på vattenytan. Han stängde av kameran och svor tyst.

- Fan. Jag är inget bra på att prata i kameran, Emma gör det mycket bättre. Men hon får väl editera om detta sedan om hon vill, suckade han och fortsatte se ner i brunnen.

- Jag tyckte du gjorde det bra. Fan, det är ju onödigt med färgfilm här. Allt är ju redan grått, svart och vitt, suckade Ole.

91

- Ja, det är verkligen dystert här. Om man inte var deprimerad innan så lär man väl bli efter ett tag här på pensionatet. Stackars Elisabet, sa Ole och såg bort mot huvudbyggnaden.

- Vad menar du?

- Tänk dig själv. Bo här alldeles själv i så många år, långt ute i ödemarken och flera kilometrar till närmaste granne. Aldrig haft en man och inga barn har hon heller. Allt hon har gjort i hela sitt liv är att jobba här på detta ställe, år ut och år in och när det inte lönade sig att ha öppet här längre, ja då stannade hon kvar här. Det måste ha känts väldigt ödsligt att ha gått från fullt liv och rörelse till att allt blir helt tomt och tyst, bara hon själv kvar här i denna stora skumma byggnad. Vad gör hon om dagarna? Vad sysselsätter hon sig med om dagarna? Allt är förfallet och dessutom spökar det här. Vilket jäkla öde… sa Ole och såg nedstämd ut.

- Ja… och säkert ingen wifi, svarade Fredrik. Ole visste inte om han skojade eller var allvarlig men orkade inte fråga.

- Ska vi gå vidare bort till annexet? frågade Ole. Men Fredrik verkade inte lyssna. Han stod kvar vid kanten på brunnen och stirrade ner i den. Det var som om han letade efter något.

- Hallå? Ska vi gå vidare? undrade Ole igen.

- Va? Mm, visst.

Annexet låg bara trettio, fyrtio meter ifrån brunnen och var en sliten enplansbyggnad med murad vit fasad som delvis hade vittrat sönder på sina ställen. Ole förmodade att byggnaden var tänkt som en finare slags övernattningsställe till de lite mer välbärgade folket förr i tiden. I de två fönstren som vette mot framsidan hängde ljusa, tunna gardiner som var fördragna. Antagligen hade de varit vita en gång i tiden men såg ut att ha gulnat något med åren. Gräset utanför byggnaden var högt och mitt på framsidan stod en gammal gräsklippare som hade sett sina bästa dagar. Bakom klipparen var gräset en decimeter kortare och det var som om den som hade klippt, plötsligt bara avbrutit och gått därifrån och inte kommit tillbaka för att fortsätta. Ett litet räcke av järn fanns på båda sidorna av stentrappan upp till ytterdörren. Fredrik började fippla med nycklarna och hittade en han trodde skulle passa. Ole såg med skeptisk blick på annexet.

- Vad ska vi här inne och göra? Räcker det inte med de spökerier vi har där inne? sa han och nickade mot pensionatets huvudbyggnad.

- Det gör det visserligen. Men den här byggnaden är lika motbjudande som resten av stället så vi kan väl filma lite här med? sa Fredrik och gick in. Huset var möblerat som vilket hus som helst, fast allt var precis som allting annat, från en svunnen tid. I hallen fanns en högre byrå i gulnad furu och på den en virkad vit duk med en gammal gul telefon på. Mitt på vardagsrumsgolvet fanns en stor mörk fläck. Fredrik tittade först på fläcken och sedan upp i taket.

- Det har regnat in här. Och där borta ligger en massa råttbajs, fortsatte han.

- Men detta ställe måste väl ändå ha ansetts som lite finare att bo på? Här får man ju en egen liten villa att bo i, istället för ett rum? sa Ole och tittade in i köket. Här fanns ett litet köksbord med en solblekt vaxduk och en plastblomma. Spindelväv hängde mellan sladden på kökslampan och taket. De rostfärgade märkena i vasken skvallrade om att kranen hade stått och droppat i åratal. Det knarrade lätt när de gick omkring i huset på de slitna parkettgolven med fiskbensmönster.

- Äh, det här var inget intressant. Men jag filmar stället lite i alla fall, det ger ju en dyster stämning som kan passa bra till det vi lägger upp på kanalen, sa Fredrik och tog upp mobilen.

- Filma du lite, jag går ut så länge, sa Ole och lämnade annexet. Han satte sig ner utanför på stentrappan och såg sig omkring. Det hade börjat dugga lite och Ole drog upp dragkedjan på sin jacka.

Hösten var verkligen här för att stanna ett tag i de djupa skogarna i Dalarna. Ole längtade redan tillbaka till den varma sommaren. Han tänkte tillbaka på hur han och Emma hade spenderat en vecka på en ö i Stockholms skärgård. De hade åkt vattenskidor, badat och fiskat. De hade solat på klipporna och grillat om kvällarna. De hade verkligen haft en toppensommar tillsammans och han var om möjligt ännu mer kär i henne nu än i början av deras förhållande. Den veckan hade känts som om han verkligen hade kommit henne in på djupet och lärt känna henne mycket bättre. Han hade förstått att under den där glada, spralliga tjejen så fanns det en allvarligare sida. Han hade beundrat henne för sin ärlighet om hur hon kände och tyckte om saker och ting. Hon var absolut ingen sommarflört, hon var betydligt mer än så. Emma var en tjej han tänkte försöka behålla.

Fredrik kom snart ut från annexet. Han hade filmat färdigt och han såg nöjd ut.

- Sådär! Jag tror jag fick en hel del bra film där inne. Det är ändå något kusligt med övergivna ställen, även om de inte är från typ 1800-talet. Jag tror inte att Elisabet har varit inne där på många år. Hon känner antagligen inte ens till att det är en vattenläcka i taket. Kanske vi borde nämna det för henne?

- Det borde vi nog. Vad gör vi nu? undrade Ole.

- Vi går väl en runda runt byggnaden och sedan tillbaka till rummet en stund, sa Fredrik.

Emma hade precis börjat snarka lite lätt när hon hörde hur dörren öppnades tyst. Hon förstod att Ole kom in i rummet och såg att hon försökte sova och hon uppskattade att han smög in försiktigt för hennes skull. Hon kände hur han varsamt klev upp i hennes säng, lyfte på filten och la sig bakom henne. Hon kände hur han smekte henne lätt på ryggen med sövande rörelser och snart sov hon djupt igen. Klockan halv fyra på eftermiddagen vaknade Emma av att dörren smällde igen. Hon ryckte till och vände sig om. In kom Fredrik och Ole och de såg uppspelta ut. Hon satte sig upp i sängen med sömndruckna ögon.

- Tja! Dags att vakna nu. Jag och Ole har varit runt och inspekterat stället lite. Vi har varit uppe på Elisabets vind och vet du vad vi hittade där? frågade Fredrik ivrigt. Emma kunde knappt ta in vad han sa. Hon hade ännu inte vaknat till ordentligt och sträckte på sig medan hon gäspade.

- Öh, nä. Vad fanns det på vinden?

- En snara!

- En snara? sa hon och såg frågande ut.

- Det är säkert! Det var fullt av gammalt bråte där uppe, men längst in, på den bortersta balken i taket så hängde det en snara av tjockt rep och under snaran så stod det en pall där. Antagligen stod den där för att man ska kunna klättra upp på den för att nå upp till snaran, som man sedan sparkar undan så att man blir hängd. Fan vad äckligt, alltså! Det såg precis ut som på film! sa Fredrik uppspelt. Emma såg på Ole, som nickade instämmande.

- Filmade ni? undrade hon.

- Nä, faktiskt inte. Så fort vi såg snaran så stack vi ner igen. Men vi får väl gå tillbaka och filma senare, sa Ole.

- Okej, vi får göra det. Jag hörde förresten inte när du gick igen, sa Emma och såg på Ole och gäspade en gång till medan hon slängde ett öga på sin mobil. Han såg frågande ut och log lite undrande.

- Vad menar du? Vaddå gick igen?

- Ja? Du kom ju in hit till mig och la dig bakom mig och gosade lite när jag låg och vilade, sa Emma. Ole såg på Fredrik med undrande min och sedan på Emma igen.

- Jag har varit med Fredrik hela tiden. Vi har varit ute och filmat brunnen, varit inne i annexet, gått en sväng på tomten och varit på vinden, svarade han. Emma satte sig spikrak upp i sängen och gav till ett högt flämt.

- Ole! Sluta larva dig nu! Du var ju inne här för bara en liten stund sedan. Jag märkte ju att du kröp ner bakom mig under täcket. Du smekte mig på ryggen tills jag somnade! nästan skrek Emma i panik.

- Nej jag svär! Jag har inte varit inne hos dig. Vaddå kröp ner bakom dig? undrade han. Emma såg att Oles min var allvarlig och uppriktig. Han skojade inte. Hon kände hur hennes ben blev alldeles lätta. En rysning gick längs hela hennes rygg och hon började gråta.

- Men va fan! Var det du som gjorde det, då? undrade hon och stirrade på Fredrik, men han skakade oförstående på huvudet.

- Vad i helvete! Vad är det här för ett äckligt jävla ställe?! skrek hon i panik.

- Menar du att du kände att någon kom in och la sig bakom dig när du vilade? sa Ole.

- Ja!!! skrek Emma och fortsatte gråta.

- Vad i helvete är det här för ett ställe? Det finns ju inga andra här förutom vi och Elisabet, sa Ole. I samma andetag kom han på en till som fanns i byggnaden. Men det var ingen person. Den han tänkte på var drygt en meter lång, hade brun kavaj, bruna byxor och svarta skor och var en docka.

# Kapitel 10

Emma satt ute i matsalen i en soffa tillsammans med Fredrik och Ole. Ole hade lagt en pläd om hennes axlar och han höll om henne varsamt. Hon hade slutat gråta nu men skakade fortfarande lite grann när hon sakta förde kaffekoppen till munnen. Ole hade gett henne en lugnande tablett som han hade haft med sig i necessären. Den och några till hade han snott av sin mamma för något år sedan men aldrig tagit någon själv. Han hade haft dåligt samvete över att han tagit tabletterna men var nu ändå glad över att de kom till nytta. Emma, som knappt aldrig hade tagit en tablett i hela sitt liv, hade svalt tabletten utan att ens fråga vad det var för något.

För en halvtimme sedan hade Emma bönat och bett om att de skulle sätta sig i bilen och åka därifrån så fort som möjligt, men Fredrik ville vara kvar. Han ville se vad Emanuel Bauer kunde åstadkomma, samtidigt som han ville filma mer material till deras Youtube-kanal. Bra filmmaterial är samma sak som mer pengar i plånboken, det visste de allihop. Men det var klart att Emma inte tänkte på det just nu. Emma sa inte så mycket nu. Blicken var mest tom och stirrade ner i bordet. Tabletten hade börjat verka.

Strax utanför Ludvika satt Emanuel Bauer i en vit äldre Volkswagen Passat. Han var på väg till ett gammalt nerstängt pensionat utanför Insjön i Dalarna, efter att ha fått ett intressant telefonsamtal från en yngling vid namn Fredrik Pettersson. Denne Fredrik och hans två kompanjoner jobbade på något som hette Project Ghostlights. Det hade han aldrig hört talas om och inte hade han heller sett några av deras videos på internet. Enligt Fredrik så bodde det en äldre kvinna kvar på pensionatet och hon behövde hjälp med att driva ut ett spöke i form av ett barn som tydligen härjade där. Emanuel tittade inte mycket på internet över huvud taget. Han tittade knappt på TV heller för den delen. Han började bli en gammal man och han hade nyss fyllt sextiofem och hade sysslat med andeutdrivning de senaste trettio åren. Hans egentliga yrke var konstnär och han hade sin ateljé på bottenvåningen på sitt gamla hus hemma i Skara där han bodde ensam. När han inte var hos någon kund eller målade så byggde han gärna modellflygplan hemma i sin lägenhet. En hobby som passade hon om som hand i handske då han både var lugn till sättet och hade stort tålamod.

En snäll granne till honom hade hjälpt till att skapa en hemsida i hopp om att försöka sälja fler tavlor. Konstnärsyrket var ingenting har blivit rik på, men inkomsten av tavlorna täckte åtminstone hans enkla utgifter. Andeutdrivningen var en ren hobby, men även den inbringade lite pengar. Emanuel Bauer kom till Sverige från Tyskland tillsammans med sina föräldrar som fjortonåring. Han hade till en början haft svårt att anpassa sig i det nya landet och än idag bröt han kraftigt på sitt gamla hemlands språk. Sin förmåga att se och höra de döda hade han ärvt av sin mormor. Redan som barn hemma i Tyskland hade hon lärt honom hur han skulle göra och vad han skulle vara lyhörd för, för att kunna komma i kontakt med de som ännu befann sig i gränslandet mellan livet och andevärlden. De som befann sig i gränslandet fick han tidigt lära sig att det var synd om. De var vilsna själar som ännu inte hade tagit steget och gått vidare. De klamrade sig kvar här i jordelivet av någon anledning och de behövde hjälp med att gå vidare och Emanuel visste hur man kunde hjälpa dem. För vanligt folk var dessa tingestar spöken, eller vålnader, som man kunde skymta ibland om nätterna i gamla hus. Men för honom var det bara vilsna själar som behövde den sista knuff på vägen som behövdes för att till fullo gå över till andra sidan.

Det hade börjat regna när Emanuel svängde in på grusvägen in mot Pensionat Blåklockan. Även den lätta blåst som hade förekommit under dagen tilltog plötsligt. Vinden tog stundtals tag i bilen samtidigt som regnet gjorde det svårt att se på vägen framför honom. En liten gren blåste ner och landade på vindrutan men for av på en gång. Emanuel blev rädd och hoppade till. Han svor en lång ramsa på tyska, hoppades att han inte hade åkt denna långa väg förgäves och fortsatte längs den smala grusvägen. Vägen svängde av ytterligare en gång till höger och han kom in på en lång och rak allé med stora ekar på båda sidor. Till slut kom han fram till den stora mosstäckta gamla skylten i trä där det stod "Välkommen till Pensionat Blåklockan" med stora svarta bokstäver. Ekarna tog slut och omgivningen öppnade upp sig. Han noterade den lilla stenfiguren med tillhörande damm i mitten av vändplanen som säkert hade fungerat som fontän en gång i tiden, men som nu var täckt med gamla förmultnade löv. Han såg även en bil till som stod parkerad en bit till vänster och han förstod att den måste tillhöra killen som hade ringt honom. På grund av det kraftiga regnet parkerade han bilen så nära ingången som möjligt och tänkte att det säkert inte gjorde något om han stod där. Han tog på sig sin svarta filthatt och tog sin portfölj och steg ur bilen. Regnet och den hårda vinden piskade honom i ansiktet men det hindrade honom inte för att stanna upp på grusgången och se sig om omkring. Det tog honom inte många sekunder att inse att stället han hade kommit till hade sett sina bättre dagar.

Elisabet hade hört tumultet med Emma från sitt rum och kom ut.

- Har det hänt något? Gråter du, flicka lilla? sa hon och såg oroligt på Emma. Hon svarade inte.

- Emma var med om någonting på rummet innan medan jag och Ole var ute en sväng, sa Fredrik besvärat. Elisabet såg frågande ut.

- Alltså, hon tyckte hon kände att någon var hos henne i rummet när hon låg och vilade. Men det var inte någon av oss, fortsatte han. Elisabet gjorde en besvärad min.

- Ja kära du, jag är tyvärr inte förvånad. Ni borde aldrig ha lämnat henne själv på rummet. Jag sa ju att ni aldrig skulle vara själva här på pensionatet! Det är Tom som var inne hos Emma medan ni var iväg. Han var säkert bara nyfiken, men jag förstår om det var en obehaglig upplevelse, fortsatte hon. Hon vände på sig och såg ut i matsalen och knöt nävarna.

- Tom! Nu lämnar du ungdomarna ifred, hör du det? ropade hon ut i rummet med arg och bestämd röst. Just då hördes en tydlig knackning utifrån lobbyn. Ungdomarna ryckte till och Emma tog ett hårt tag om Oles arm. Det tog någon sekund för dem innan de förstod att det helt enkelt var någon som knackade på ytterdörren och ville in.

- Det verkar som om vårt besök har kommit, sa Elisabet och gick med långsamma steg ut till lobbyn. Fredrik satt kvar i soffan men böjde sig fram för att se om det var spökutdrivaren som kommit. En liten äldre man i svart filthatt och halvlång, brun oljerock steg in i lobbyn och hälsade på Elisabet. Fredrik förstod att det var han.

- Kom! Vi måste gå ut och hälsa, sa han och reste sig upp. Emma reste sig motvilligt upp, tog Oles hand och följde efter Fredrik ut till lobbyn. Emanuel Bauer var en tystlåten man och han hälsade på dem med ett slappt handslag och sa inte mycket mer än "hej". Det blev en pinsam tystnad för ett ögonblick innan Fredrik insåg att det nog var bäst om han tog initiativet, även om han tyckte att kanske Elisabet borde ha sagt något.

- Välkommen hit, Emanuel. Det var jag som ringde dig igår. Vi har ju faktiskt träffats en gång tidigare, men det kanske du inte kommer ihåg? sa Fredrik aningen krystat. Emanuel skakade bara lätt på huvudet.

- Nä, tyvärr.

- Som jag sa i telefonen så finns det ett andeväsen här som Elisabet skulle vilja få bukt med, sa Fredrik och log tillgjort. Emanuel tog inte riktigt ögonkontakt utan såg sig istället runtomkring där han stod. Han såg på alla de tavlor som satt upphängda längs korridoren och bort på receptionen men de alla kunde se att hans blick fastnade på dockan som satt på stolen borta i hörnet.

- Ja, jag känner att det finns någonting här. Någonting som inte borde vara här. Jag kan inte säga vad det är än så länge men det ska vi nog kunna ta reda på under kvällen, sa han och gick sakta fram till buktalardockan. Ole ryckte Fredrik i armen och viskade.

- Nämnde du något om dockan för honom? viskade Ole, men Fredrik skakade på huvudet.

- Inte ett ord om dockan. Jag ville se om gubben är äkta vara eller inte. Jag ville se om han kunde upptäcka att dockjäveln är skum och du ser ju själv. Han reagerar på dockan! Hans blick är ju fullkomligt fastfrusen på den. Titta! viskade Fredrik. Elisabet sa ingenting utan bara såg på när Emanuel sakta gick fram och inspekterade herr Knoblauch. Med ena handen smekte hon nervöst sitt guldkors som hon bar runt halsen. De andra trodde hon skulle ge samma uppmaning som de själva fick, att inte se dockan i ögonen, men hon stod bara tyst och iakttog den gamle mannen. Han vände sig sedan om och gick tillbaka mot Elisabet.

- Jag tror att jag kan se till så att dockan där borta inte längre är ett problem för dig, sa Emanuel lugnt. Elisabet såg förvånad ut, nickade och svalde. Han vände sig sedan till Emma och klappade henne på kinden.

- Du ska inte vara rädd, jag löser det här, sa Emanuel lugnt. Emma blev så förvånad över hans tilltag att hon bara nickade till svar.

- Vill du ta en husesyn? frågade Elisabet.

- Ja det behöver jag. Har du kaffe? Tar gärna en kopp med mig medan vi går.

- Självklart, jag hämtar en kopp. Önskas socker eller mjölk till?

- Nej, svart blir bra

Hon gick ut till köket i sin sedvanliga långsamma stil.

- Vi väntar väl här i matsalen så länge. Vi har redan sett oss omkring överallt, sa Fredrik. Emanuel nickade bara som svar och såg sig nyfiket omkring. Elisabet var snart tillbaka med en kopp rykande hett kaffe i en stor mugg. De gick iväg och ungdomarna satte sig ner i soffan i matsalen igen. När Ole var säker på att Elisabet och Emanuel inte kunde höra dem, kunde han inte hålla sig längre.

- Vilken gubbe, alltså! Såg ni? Han märkte direkt att det var någonting med den där äckliga dockan där ute i lobbyn! utbrast Ole.

- Ja! Och han såg att Emma hade varit med om någonting. Annars hade han ju aldrig sagt något till henne, eller hur?

- Ja! Jag tror att den här gubben kan sin sak. Det ska bli spännande att se vad han går för ikväll, sa Ole och gnuggade händerna. Emma som inte sagt ett ljud på länge, började plötsligt prata.

- När gubben är klar ikväll, kan vi åka hem då?

- Javisst. Fast… han kanske är klar sent i kväll och då är det ju kolsvart ute. Och om vi skulle åka typ vid tio ikväll så är vi ju inte hemma förrän mitt i natten ju. Vi är ju långt hemifrån. Är det inte bättre att åka i morgon bitti? Om jag håller om dig hela natten i sängen och inte släpper taget om dig? sa Ole vädjande. Emma nickade motvilligt.

- Okej, men du går inte en meter ifrån mig från och med nu, det måste du lova.

- Jag lovar, sa Ole.

Hon såg trött ut och Ole funderade på om han kanske skulle ha delat på tabletten han gav henne. Fast å andra sidan så var hon ju inte panikslagen längre. För ett ögonblick trodde han nästan att hon skulle somna där hon satt i soffan.

- Så när Emanuel kommer tillbaka från rundvandringen med Elisabet så frågar vi om vi får vara med när han försöker få kontakt med Tom, så sätter vi i så fall upp filmkameror och hela rubbet av utrustning. Sedan får vi hoppas på att gubben inte är en bluff. Tänk om vi kunde fånga Toms ande på film! utbrast Fredrik.

- Det vore grymt häftigt. I så fall har vi ju en ande och en docka på film! Hur många andra kan stoltsera med det? Det är ju detta vi lever och arbetar för, att få riktigt bevismaterial att kunna visa omvärlden via vår Youtube-kanal, sa Ole. Fotsteg och småprat hördes utifrån lobbyn och strax var Elisabet och hennes nya besök tillbaka. Emanuel Bauer stod bredvid Elisabet med sin väska i handen och såg sig försiktigt omkring. Ingen visste vad som skulle hända nu. Men så började han prata.

- Jag tror att jag bör vara här inne, om det är okej? sa han lågmält.

- Javisst, det går bra, sa Elisabet. Emanuel ställde sin väska på ett av borden bredvid ungdomarnas.

- Emanuel, är… är det okej om jag är med och filmar lite medan du gör det du ska? undrade Fredrik. Men Emanuel skakade på huvudet.

- Det går tyvärr inte. Jag måste vara själv i rummet om jag ska kunna få kontakt med andeväsendet här i huset, svarade han. Fredrik såg genast besviken ut och såg ner i marken.

- Men, det är klart att om ni vill sätta upp en kamera här som filmar så ska väl det inte spela någon roll. Men jag måste vara ensam i rummet och jag vill inte att kameran riktas mot mig.

- Jag lovar att inte rikta kameran mot dig. Tack! Vad snällt! Då sätter jag upp en kamera på ett stativ här och när du är redo så startar jag bara den och lämnar dig ifred, sa Fredrik och såg upprymd ut. Alla andra utom Emanuel och Fredrik lämnade rummet och Emanuel började plocka upp saker ur sin väska. Han tog fram ett stort svart blockljus och en tjock gammal bok med svart pärm och la det på bordet. Sedan tog han fram något som såg ut som rökelse och la på bordet. Fredrik kunde inte låta bli att fråga om gubbens rekvisita.

- Är ljuset och rökelsen till för att locka hit den onda anden?

Emanuel blängde på honom för ett ögonblick som om han tyckte Fredrik vore dum i huvudet. Sedan svarade han tålmodigt på sitt tysta och lugna sätt.

- Ljuset är till för att jag ska kunna se något här inne över huvud taget när vi nu har dragit för gardinerna. Rökelsen tänder jag för att den innehåller lavendel. Det gör mig lugn och ju lugnare jag är desto lättare har jag att kommunicera på samma frekvens som anden, svarade Emanuel. Fredrik kände sig dum. Kanske hade han sett på för mycket skräckfilm. Fattas bara att han skulle fråga om Emanuel hade en klyfta vitlök i väskan med. Ole fick bita sig i läppen för att inte börja flina åt Fredrik.

- Vill du hjälpa mig att dra för gardinerna här inne?
- Javisst.
- Du kan även släcka taklampan också.

När Fredrik hade gjort som Emanuel bad om gick han tillbaka till sitt kamerastativ och såg nyfiket på Emanuel.

- Du kan starta kameran nu och sedan lämna rummet. Jag kommer ut när jag är klar, sa den lille mannen i samma lugna och tysta ton som tidigare. Fredrik riktade in kameran så att han filmade snett bakom Emanuel så att endast hans händer syntes, samt bordet med ljuset och boken framför honom. Utan att fråga Emanuel, ställde han dit en av deras K2-mätare längst ut på bordet så att det skulle synas på film om den gav utslag.

- Okej, lycka till, sa Fredrik och tryckte på REC-knappen och gick sedan därifrån. Han sköt till dörren bakom sig, lämnade matsalen och såg sig om. Ingen av de andra befann sig i lobbyn, så han gick in till deras rum för att se om de var där. Denna gången lyckades han undvika att titta på herr Knoblauch helt och hållet, men han visste att den lille dockan med sitt otäcka ansikte och sitt hånflin satt där på sin stol i ena hörnet av lobbyn. Ole och Emma satt i ena sängen i rummet. De såg ut att ha diskuterat ivrigt någonting och Fredrik förstod att han avbröt dem när han kom in i rummet.

- Emanuel har börjat nu. Kameran rullar för fullt. Jag smög dit en K2-mätare också och det verkade inte som om gubben misstyckte.

- Bra. Man har ju ingen aning om hur hans seanser går till, så det ska bli spännande att se sedan på filmen hur han gör, sa Ole. Fredrik såg på sin syster. Hennes ögon var fuktiga och hon såg uppriven ut.

- Hur är det med dig, syrran? frågade han men fick inget svar.

- Äh, hon vill åka hem nu, men jag menar att det är bättre att vi åker i morgon bitti istället. Jag känner att det är viktigt att vi får med filmen med Emanuel till vår kanal, sa Ole.

- Det kanske är viktigare att överleva natten än att få ihop nåt jävla filmmaterial! sa Emma surt och darrade på läppen när hon pratade.

- Jag förstår att du känner obehag efter det du var med om tidigare, men varken Ole eller jag ska lämna dig själv något mer så länge vi är kvar här på pensionatet, sa Fredrik och smekte henne på axeln.

- Jag ringde faktiskt mamma innan. Hon trodde vi var kvar i Bollnäs, men jag berättade att vi redan är på ett nytt ställe i Dalarna. Hon hörde att jag var ledsen och tröstade mig lite. Men hon tyckte att om jag bara orkade så skulle jag försöka vara kvar här tills i morgon bitti. Hon försökte trösta mig på hennes egna lilla vis, genom att säga att "de enda spökena som finns är dina egna hjärnspöken". Jo, jag tackar ja! Om hon ändå bara visste vad som försiggår här... Hon hälsade till dig förresten, sa Emma.

- Mm, tack. Vad gör vi nu? undrade Fredrik och såg otåligt på Ole.

- Jag antar att det bara är att vänta tills gubben är klar. Sedan vet jag inte. Förhoppningsvis har vi lyckats spela in när han får någon slags kontakt med Tom. Och har vi det, ja då har vi jäkligt bra material till Youtube. Tro mig Emma, jag vill lämna detta hemska ställe lika mycket som du. Luften här inne är ju hemsk! Så himla kvavt och syrefattigt på något sätt. Allt här luktar ju unket och gammalt. Det enda som är okej är ju Elisabets mat. Allt är så... gammalt och äckligt. Till och med de där gamla tvättmaskinerna i källaren var ju äcklig, beklagade sig Ole.

- Ja... för att inte tala om snaran på vinden! Vad fan gjorde den där? Jag menar, hur många hus har en snara på vinden? sa Fredrik.

- Precis! Eller kan det vara så att Elisabet kanske ordnade spökvandringar här förr? Kanske hon gick med barnen upp på vinden och visade snaran och berättade någon otäck historia för dem? sa Ole.

- Eller... kan det vara så att snaran är åt självaste Elisabet? Ni ser ju själva hur olycklig hon ser ut. Kanske hon har förberett för sig själv? När hon känner att allt är hopplöst och hon inte orkar längre, då går hon upp på vinden och hänger sig? sa Emma fundersamt.

- Så kan det också vara. Ska vi våga säga till henne att vi har hittat snaran på vinden? Vad säger hon då i så fall, tror ni? undrade Ole.

- Fråga kan vi alltid göra, vi har inget att förlora på det, sa Fredrik. Minuterna gick och alla väntade på att Emanuel skulle bli klar. De var spända på vad han skulle ha att säga. Skulle han lyckas få över Tom till "andra sidan" så att Elisabet skulle få lugn och ro? Skulle han få veta något mer om Tom som inte Elisabet redan visste? Tankarna hos ungdomarna var många. Otåligt satt de på rummet och väntarna medan tiden gick. Emma fick för sig att försöka göra lite mer research om pensionatet. Hon misstänkte att om det har funnits gäster som har klagat på spöken här så borde man också kunna hitta någon negativ gästrecension på internet. Efter ett febrilt letande hittade hon något som verkade vara intressant på nätsidan www.flashback.org. Där hittade hon en äldre man som intygade att det absolut förekom konstigheter på Blåklockan. På nätsidan läste hon vidare om att mannen hade tigit i många år om vad som hände honom på pensionatet, för han ville inte riskera att bli till åtlöje. Men nu var han nästan åttio år och brydde inte sig längre om vad folk tyckte om saken. Han svor dyrt och heligt på att han hade med egna ögon sett hur den buktalardocka som satt i lobbyn vred sitt huvud mot honom och gav till ett väsande läte. Flashback.org var inte främmande för att undanhålla information om namn på personer och Emma kunde läsa att den gamle mannen hette Ivar Claesson och kom från Dala-Floda.

Emma blev i eld och lågor när hon läste om gästen med det makabra uttalandet.

- Ole! Jag har sökt lite på nätet om Blåklockan och hittade en man som hävdar att han sett Herr Knoblauch röra på huvudet här på pensionatet!

- Skämtar du?

- Nä! Han verkar i alla fall seriös. Farbrorn är i åttioårsåldern och har hållit detta för sig själv i typ tjugo år innan han berättade vad han hade sett här.

- Intressant! Men varför vänta så länge? undrade Ole.

- För att han var rädd att inte bli trodd, svarade Emma.

- Jag förstår honom. Varför skulle någon tro på det? Det låter ju helt bisarrt. Men lika mycket som det låter bisarrt så är det sant, det kan ju vi intyga.

Emma googlade vidare på nätet och försökte hitta något mer om Blåklockan. På www.flashback.org hittade hon till slut inte mindre än sex andra personer som varit med om konstiga saker på pensionatet, dock fanns inga andra namn att läsa om. Bara användarnamn på nätsidan. Emma gjorde noteringar om användarnamnen och tänkte absolut försöka kontakta dem för att få mer information, men det fick bli senare hemma i Uppsala.

Fyrtiofem minuter senare hördes det någonting utanför deras rum. En dörr öppnades någonstans i huset på bottenvåningen och tydliga fotsteg hördes.

## Kapitel 11

Fredrik öppnade dörren till deras rum och tittade försiktigt ut i korridoren och bort mot lobbyn. Där stod Emanuel Bauer. Han hade lagt sin svarta väska på receptionsdisken och letade efter någonting i sin innerficka. Fredrik vände sig om till de andra.

- Han verkar vara klar. Kom!

De gick alla ut till Emanuel. Emma höll sig tätt bakom Ole.

- Är du klar? undrade Fredrik.

- För tillfället. Kan ni hämta Elisabet åt mig? sa han dovt.

Ole gick bort och knackade på Elisabets dörr och snart var även hon på plats ute i lobbyn. Elisabet såg något spänd ut och smekte nervöst på sitt halsband.

- Hur har det gått? undrade hon. Emanuel sneglade bort mot herr Knoblauch.

- Det är nog bäst att vi går in till matsalen och pratar.

Fredrik förstod direkt varför gubben inte ville vara kvar i lobbyn och diskutera. När de gick bort mot matsalsdörren kunde han riktigt känna dockans iskalla blick mot sin rygg och han rös till. Elisabet stängde matsalsdörren om dem.

- Det har gått bra. Jag har haft kontakt med en pojke här. Jag frågade vad hans namn var och han svarade att han heter Tom. Han säger att han bor här på pensionatet. Pojken verkar vara en mycket arg och ledsen kille, kanske till och med lite vilsen och förvirrad. Jag tror inte han vet om att han är död. Han sa att han vill visa mig någonting, men inte nu. Jag frågade om han kommer ihåg händelsen vid brunnen, men han blev väldigt arg när jag nämnde detta. En tavla trillade ner från väggen här i matsalen i samband med detta. Det ligger nog en hel del glasbitar på golvet, jag är ledsen för det, sa Emanuel och såg på Elisabet.

- Det är ingen fara. Det är inte första gången en tavla trillar ner från dessa väggar. Jag ordnar med det sedan, svarade hon utan att göra en min.

- Sa han något mer? undrade Ole otåligt.

- Nej, efter att tavlan ramlade ner så tappade jag kontakten med honom. Jag hann tyvärr aldrig fråga vad han ville visa mig för något, men jag tänkte att jag försöker komma i kontakt med honom lite senare i kväll. Kanske han har lugnat ner sig då, suckade Emanuel och tog fram en cigarett från paketet i innerfickan.

- Jag följer med dig ut och tar en cigg, sa Fredrik till Emanuel.

Det var regnade lätt ute men det var åtminstone vindstilla. Små regnpölar hade bildats i gruset på gårdsplanen. Runt omkring dem var det kolsvart. Det enda som lös upp området var en ytterbelysning borta på annexbyggnaden. Fredrik frös och önskade att han hade haft på sig en jacka, men var ändå glad över att få tillfälle att prata med Emanuel på tu man hand. Han tog fram sitt cigarettpaket och erbjöd Emanuel en av sina.

- Så… är du nöjd med seansen annars? undrade han nyfiket.

- Tja, den var väl ungefär som en seans brukar vara. De gånger man får napp, vill säga. De är ju många gånger som folk bara tror att de har osaliga andar i sina hus, men ofta finns det andra förklaringar på deras problem. Det brukar ta några minuter innan andeväsendet brukar visa sig och så blev det även denna gången, sa Emanuel.

- Så du menar att du såg pojken? På riktigt?

- Nej det gjorde jag inte, jag uttryckte mig nog lite fel. Men jag kände hans närvaro i rummet och jag hörde hans svar på mina frågor. Vad ljudet kommer ifrån kan jag inte svara på, men det låter som en svag viskning i rummet när han pratar. Du kan säkert höra dem på din inspelning, sa Emanuel. Fredrik svalde hårt.

- Så… så du menar att vi har Toms röst på film?

- Det borde höras ganska tydligt, sa Emanuel och tog ett djupt bloss. Fredrik kände sig som ett lyckligt litet barn inombords, som precis har fått en godisklubba men försökte behärska sig.

*Fy satan! Vi har Toms röst på film! Det här kommer bli så jävla bra när Emma har redigerat hela filmen, vi kommer bli berömda, vi kommer välta hela internet med den här spökfilmen! Vi kommer fan hamna på förstasidan på Aftonbladet med vår film. Kanske vi till och med hamnar i tv-soffan på TV4… Vi kommer självklart bli stenhårt granskade och experter kommer vilja analysera bandet med dockan som rör på sig, men de kan få granska bandet så mycket de vill, för vi fejkar ingenting, allt är ju helt äkta. Vi sitter på en guldgruva, ta mig fan!*

Fredrik såg på Emanuel. Gubben såg ut att grubbla på något och såg tittade ner i backen medan han rökte. Fredrik, som var nyfiken av sig kunde inte hålla sig.

- Du ser bekymrad ut. Gick seansen verkligen som du ville? frågade han. Emanuel tog det sista blosset på cigaretten, tog god tid på sig att fimpa och sedan slänga fimpen i askkoppen på bänken bredvid innan han svarade.

- Ja, det gjorde den. Jag fick ju kontakt med honom. Men samtidigt är jag lite konfunderad, svarade han.

- På vad då?

- Jag har gjort hundratals seanser genom åren och har hjälpt väldigt många personer över till andra sidan, men jag måste tillstå att den här pojken var speciell.

- Speciell? På vilket sätt då?

- Han var… vad ska jag säga… väldigt motsträvig. Och väldigt arg. Han kändes elak på något sätt. Det är sällan jag möts av så mycket arga känslor som jag gjorde från Tom. Det är också väldigt sällan som föremål flyttas i rummet. Som tavlan som trillade ner från väggen menar jag. Det har nog bara hänt en gång tidigare, det måste ha varit på 80-talet någon gång. Den anden hade jag problem med att få över till andra sidan, minns jag. Det krävdes flera seanser för det, fortsatte Emanuel.

- Dessutom...

- Dessutom vaddå? undrade Fredrik. Han såg på gubben med stora ögon. Han grubblade fortfarande på något, det såg han tydligt. Fanns det mer som han ännu inte hade berättat?

- Dessutom så pratade pojken på ett särskilt sätt. I flera meningar jag hörde använde han ordet "vi".

- Vi? upprepade Fredrik.

- Ja. Som om Tom inte var ensam. Jag får inte riktigt ihop det. Jag har såklart en idé, men jag vet inte om jag bör berätta det ännu innan jag har haft den andra seansen, mumlade Emanuel.

- Berätta! utbrast Fredrik ivrigt. Gubben tog upp en ny cigarett och tog sig god tid att tända den. Efter ett par djupa bloss blängde han på grabben bredvid honom.

- Jag misstänker att dockan ute i lobbyn har någonting med det hela att göra.

- Det tror vi med! sa Fredrik uppspelt.

- Det har vi sagt hela tiden, den där fula, äckliga dockan är helskum!

- Shhh! Behåll dina hårda ord för dig själv! Dockan kan höra dig! snäste gubben och såg surt på Fredrik. Fredrik svalde hårt och såg skamsen ut.

- Förlåt. Det var dumt sagt av mig, sa Fredrik men tänkte att han menade varje ord han sa. Han bestämde sig för att ändra riktning på samtalet.

- Så du tror att det kan krävas flera seanser för att bli av med Tom.

- Jag tycker "bli av med" är fel ordval. Vi ska hjälpa en liten pojkes själ att komma över till andra sidan. Han befinner sig i gråzonen nu och han vet inte vad som är verklighet och inte. Han är vilsen nu och jag ska försöka få honom förstå att han måste släppa jordelivet bakom sig och leta efter tunneln där ljuset finns. Jag måste få honom att gå mot ljuset. Om jag bara lyckas guida honom till tunneln så kommer han att komma vidare. Och vad gäller dockan så... ja vi får väl se vad som händer. Men jag sätter allt fokus på pojken. Kanske kan det kan det vara så att pojken och dockan är en och samma, men jag vet inte ännu.

- Tunneln? Ljuset? Menar du på riktigt, att… att ljuset i tunneln är vägen till… Himlen? stammade Fredrik och såg på den lille mannen med stora, nyfikna ögon.

- Ja, vad trodde du annars? sa Emanuel som om det vore den vanligaste saken i världen. Fredrik hade aldrig tänkt så långt innan. Han hade aldrig funderat på vad spökena var för något. Fokus för hans del hade alltid bara varit att försöka få spökena på film och få dem att ge utslag på deras utrustning. Han ville se Vita Damen, han ville höra Jordkällarkärringens skratt, han ville uppleva knarrande trappor i hemsökta hus och han ville höra De gotländska systrarnas klagan på Fårö. Spöken för honom var någonting mystiskt och otäckt som man skulle försöka få en skymt av och som i så fall kunde inbringa pengar i form av tittare på Youtube. Men Emanuel Bauer fick honom att fundera i helt andra banor.

*Fast Emanuel nämnde att Tom verkade vara elak? Menar gubben att Tom och dockan har ett samband på något sätt? En liten pojke som är elak? Kan dockan ha haft dåligt inflytande på Tom? Kan det vara så att om det finns en himmel så finns det även…? Hur elak är han egentligen? Eller är bara pojken rädd och inte vet hur han ska bete sig? Undrar vad nästa seans kan visa? Tavlor som trillar ner och dockor som verkar levande. Brr! Det är till och med så att jag själv börjar vilja åka härifrån. Stackars Emma, jag förstår att hon vill åka. Och det ska vi också. Direkt efter frukost i morgon bitti så lämnar vi detta hemska ställe och åker hem till Uppsala igen. Känns nästan taskigt och lämna kvar Elisabet här. Men förhoppningsvis så ser Emanuel till så att inte Tom ställer till det något mer för henne. Kanske gubben kan få bukt med Herr Knoblauch med? Kanske hon får lite mer lugn och ro när han är klar efter ikväll. Dockan i lobbyn kanske håller sig på sin stol hädanefter… Helt jäkla sjukt att vi lyckas filma när en docka lyfter på sig från stolen och börjar att GÅ! Men jag är inte tokig, för de andra såg filmen med, allt är på riktigt, hur sjukt det än verkar. Den där dockan, herr Knoblauch, han har verkligen gjort starka intryck på mig. Så fort jag blundar så ser jag hans otäcka, uppspärrade ögon framför mig. Den bilden verkar ha etsats sig fast på mina näthinnor. Hur fasen ska jag få den bilden att försvinna? Måste nog uppsöka en psykolog när vi kommer hem. På riktigt. Vi borde kanske allihop ta en liten paus efter detta. Jag*

116

*tror att det har tagit mer på krafterna än jag tidigare har trott. Helt jävla allvarligt faktiskt.*

Elisabet öppnade ytterdörren och stack ut huvudet till Fredrik och Emanuel.

 - Jag har tagit fram lite kvällsmat och te inne i matsalen, sa hon bara kort och gick in och stängde dörren efter sig, utan att vänta på deras svar.  Egentligen hade Fredrik velat ha mer egentid med Emanuel så att han kunde ställa fler frågor till honom.

 - Ska vi gå in och äta lite då? Det kan bli en lång natt, sa Emanuel.

## Kapitel 12

Ole kände sig riktigt bortskämd som blev serverad gratis mat dygnet runt. God mat var det med. Elisabet var duktig i köket, inget snack om den saken. Men hon var väldigt fåordig och sa nästan ingenting såvida hon inte blev tilltalad. Med handen på hjärtat tyckte han att hon var en aning knäpp, men han förstod att man kanske blir lite inåtvänd om man har levt ensam i så många år. På bara några minuter hade hon nu dukat fram en rejäl kvällsbuffé med olika sorters bröd, pålägg och två sorters marmelad. Både nybryggt kaffe och te stod framdukat på serveringsbordet inne i matsalen. Han tyckte det var bra märkligt att hon hade så mycket mat hemma.

*Hade hon verkligen hunnit åka iväg och handla all denna mat under tiden som vi åkt från Bollnäs och hit till pensionatet? Som om hon hade förväntat sig att vi skulle stanna i flera dagar. Fast det är klart, hon passar väl på att storhandla när hon väl är inne i stan, så det kanske inte är så konstigt att hon har mycket mat hemma. Hon verkar vara lite nervöst lagd, tanten. Så fort hon blir tilltalad så sitter hon och gnider på sitt halsband. Men, men. Jag hade nog också blivit hispig om jag bott här med ett elakt andeväsen helt avsides på en gård mitt ute i ingenstans. Jag hoppas att Emma fixar en natt till här. Stackaren, hon ser inte pigg ut alls. Hennes blick är helt tom. Visserligen ser hon lugn*

118

*ut, men jag undrar vad som rör sig i hennes huvud just nu. Vi borde kanske åka härifrån allihop nu på en gång, men det skulle aldrig Fredrik gå med på. Han vill ha mer material till vår kanal och det har han nog rätt i. Eller är vi giriga som försöker mjölka ut så mycket som möjligt härifrån? Lika bra att stanna kvar i natt med, nu när Emanuel Bauer är här. Det känns faktiskt mycket tryggare efter att han kom hit. En natt till bara, det klarar vi. Vi behöver inte sova, vi kan dricka mycket kaffe och sitta uppe hela natten tills det ljusnar. Jag har lovat Emma att inte lämna henne i sticket och det tänker jag hålla. Känns egentligen otäckt att somna här och veta att man kanske vaknar av att man håller på att bli kvävd av Tom. Eller så kanske man vaknar upp av att den där äckliga dockan står och flinar framför sängen. Fy fan! Vi borde åka redan ikväll, vi har nog tillräckligt med inspelat material så det ska kunna bli ett riktigt bra klipp på vår kanal. Jag ska nog ta ett snack på Fredrik och se vad han säger. Han borde faktiskt ta lite hänsyn till vad vi andra känner, särskilt Emma. Hon mår ju verkligen inte bra och har varit med om väldigt otäcka upplevelser här. Tänk att veta att herr Knoblauch har legat bakom sig i sin säng och smekt en på ryggen, brr, jag ryser av bara tanken.*

De åt kvällsmaten under tystnad mestadels. Fredrik hade hoppats att Emanuel skulle nämna för de övriga om vad han hade berättat för honom nyss, om sina tankar om Herr Knoblauch. Men så blev det inte och Fredrik ville inte ta upp ämnet. Emma satt mest och petade i maten. Då och då tog hon några klunkar av det starka, svarta kaffet i sin kopp. Ole var ivrig och åt snabbt. Allt han ville just nu var att alla skulle äta upp så att Emanuel kunde göra sin andra seans för kvällen. Han ville ju så gärna få svar. Svar på vad som egentligen försiggår här på pensionatet. Han ville så gärna veta om gubben som satt bredvid honom och tuggade på en smörgås verkligen hade förmågan att få andar att gå över till andra sidan. Han ville veta om han skulle lyckas, så att Elisabet fick lugn och ro här på gården. Han ville också veta hur det låg till med dockan. Var det dockan själv som var problemet, eller hade Tom något att göra med att dockan verkade vara levande och traskade omkring med sina stela små, äckliga ben här på pensionatet? Han var oerhört nyfiken på om det gick att höra något av inspelningen på Emanuels session, men försökte lägga band på sig. Det var alldeles strax dags för nästa session och han kände inte för att gå bort till sitt rum för att hämta ett annat band att sätta i kameran. Inte en chans att han skulle passera dockan i lobbyn om han inte var tvungen! Han fick helt enkelt lugna sig och de fick lov att fortsätta spela in med samma band som satt i kameran. Knappt hann Emanuel svalt den sista kaffeslurken förrän han såg hur alla tre ungdomar stirrade på honom och satt som förstenade. Han förstod vad de ville.

- Ähum, jag får tacka så mycket för den goda kvällsmaten Elisabet. Jag tror nog bestämt att ungdomarna här vill att jag fortsätter med nästa seans, verkar det som, sa gubben och reste sig sakta. Ingen sa något utan tittade istället ner i bordet. Fredrik satt som på nålar och ville inget hellre än att gubben skulle sätta igång.

- Jag hjälper dig att duka av, sa Emma till Elisabet. Även hon ville naturligtvis ha ett avslut på det här. Varenda cell i hennes kropp ville inget annat än att fly från detta avskyvärda ställe och ju fortare hon kunde få undan sakerna från matsalen ju fortare kunde Emanuel sätta igång med sitt. Dessutom fick hon annat att tänka på om hon bar undan maten. Och när han var klar så kanske de äntligen skulle kunna lämna detta ställe. Det var hennes förhoppningar i alla fall. Medan Emma och Elisabet gick fram och tillbaka till köket med disk, kontrollerade Ole att kameran stod riktad åt rätt håll och att rörelsedetektorer och parascope-mätaren var påslagna.

Ole försökte dölja en rap medan han tog sig för magen och reste sig sakta upp. Han var mätt och belåten hoppades på att Emanuel skulle sätta igång seansen så snart som möjligt. Tills vidare hade han för avsikt att avvakta i sitt rum och bara ta det lugnt tillsammans med Emma och Fredrik. Han hade ingen aning om vad som skulle komma att hända de närmaste timmarna, utan tänkte att han och de andra inte kan göra så mycket än att avvakta tills den tystlåtne Emanuel är klar. När Fredrik kontrollerat all utrustning frågade han Emanuel försiktigt.

- Är det läge för oss andra att dra oss tillbaka till vårt rum, så du får göra ditt?

- Klockan börjar närma sig midnatt. Jag antar att alla vill ha den här sista seansen avklarad, så det är lika bra att jag sätter igång. Precis som förra gången så kommer jag och knackar på er dörr när jag är klar. Förhoppningsvis kan jag räta ut en del frågetecken om en liten stund.

Elisabet svarade inte utan muttrade lite tyst för sig själv och lämnade matsalen och gick mot sitt rum borta i korridoren.

- Vi ses om en stund då, sa Fredrik och tog täten bort mot sitt rum tätt följt av de andra. Medan de gick genom lobbyn kramade Emma Oles hand hårt och fokuserade sin blick hela tiden ner i golvet, allt för att inte få en skymt av dockan som satt på sin stol borta i hörnet. Hon visste att det bara var inbillning men det var som om dockans blick sköt iskalla nålar med blicken som studsade rakt på hennes rygg och nacke när de passerade honom. Hon tog fram rumsnyckeln ur fickan och trängde sig före de andra och låste upp dörren. Hon måste in i rummet nu och det är snabbt. Hon stod inte ut med att den lille otäcka figuren på trästolen i lobbyn mycket väl skulle kunna rikta sina uppspärrade ögon mot hennes håll. Ole märkte hur stressad hon var.

- Ta det lugnt, gumman. Både jag och Fredrik är med dig och ingenting kan hända dig nu. Okej? Emma nickade bara nervöst tillbaka. Fredrik tittade på sin klocka. Den visade två minuter i tolv och han antog att Emanuel borde vara i full gång med seansen nu. Sist varade den i ungefär trettio minuter och han misstänkte att det skulle ta något liknande denna gång. Han kände sig smutsig och luktade diskret i sin armhåla. Jodå, en dusch hade han verkligen behövt. Trots den sena timmen beslöt han sig för att ta en snabbdusch medan de ändå bara väntade och började ta av sig sina byxor.

- Vad ska du göra? undrade Ole som låg i sängen bredvid, tätt intill Emma.

- Jag hinner med en snabb dusch innan gubben är klar. Pallar inte att sitta still och bara rulla tummarna i en halvtimme eller vad det nu kan ta, svarade han medan han fortsatte ta av sig sina kläder. Han stängde toadörren om sig och vred på varmvattnet i den gamla sunkiga duschen. Ole kunde höra hur det skramlade i de gamla ledningarna innanför väggarna. Emma hade nästan somnat och hoppade nervöst till när Fredrik öppnade badrumsdörren några minuter senare. Varm ånga välde ut från rummet medan han torkade sitt hår med en handduk. Ole låg på rygg och såg bekymrad ut.

- Fredrik, jag har funderat. Jag tror faktiskt det inte är nyttigt för Emma att sova en natt till här på pensionatet.

Jag tycker att så fort Emanuel kommer tillbaka så tar vi vår utrustning och beger oss härifrån. Jag struntar i om det är mitt i natten, jag och Emma vill bara härifrån. Det är bättre att vi tittar på vad som har spelats in i lugn och ro hemma i Uppsala, sa Ole och inväntade Fredriks reaktion. Fredrik stod stilla för några sekunder och tittade på Ole.

- Jaha? Jaja, det får vi väl lova att göra då. Men jag orkar fan inte köra hela vägen. I så fall så får vi turas om, sa Fredrik något surt.

- Det är väl klart att vi turas om i så fall. Fan, vi skulle egentligen fixa lite kaffe till oss nu om vi nu ska åka härifrån i natt, muttrade Ole.

Fredrik förstod vad Ole ville säga och kände pressen på sig. De ville alltså att han skulle gå ensam ut till köket och brygga en kanna kaffe och hämta in till rummet. Men han kom på att för att komma till köket så måste man inte bara passera lobbyn där dockan satt, utan även matsalen där just nu Emanuel utförde sin seans och ville inte störa honom bara för lite kaffe.

- Jag kan hämta kaffe till oss så fort Emanuel är klar, vi kan inte störa honom nu.

- Nä, tänkte inte på det. Vi tar det senare.

Det knackade plötsligt på dörren. Tre svaga knackningar. Alla tre tystnade och vände sina blickar mot dörren. Emma flög upp ur sängen med ett flämt och tog ett krampaktigt tag om Oles arm.

- Det måste vara Emanuel. Emanuel eller Elisabet, viskade Fredrik och gick fram för att öppna.

- Vänta! Fråga vem det är, sa Emma.

- Äh, det förstår du väl att det är gubben. Han är väl klar nu, viskade Fredrik och öppnade försiktigt dörren.

Utanför dörren stod den lille mannen. Han såg allvarlig ut.

- Är du färdig? undrade Fredrik. Emanuel skakade på huvudet.

- Dessvärre inte. Jag har fått kontakt med pojken igen. Han säger att det är någonting han vill visa mig nere i källaren, så jag tänkte bara informera er om att jag går ner dit en stund. Det kan nog ta en stund till innan jag är klar. Kanske bättre att ni sover lite? sa Emanuel lågmält med sin tyska brytning. Fredrik vände sig om som hastigast mot de andra och sedan tillbaka på gubben igen.

- Nja, vi gör nog så att vi tar och åker hem nu i natt, så fort du är klar faktiskt. Vi känner att vi har fått nog av det här stället, om du förstår vad jag menar, fortsatte Fredrik.

- Ach so. Jag förstår. Jag går nu ner i källaren och ser om jag kan bringa någon klarhet i vad Tom vill visa mig. Jag tar inte med mig er kamera ner. Tror att den kan vara ett störningsmoment, men när jag kommer upp igen så ska jag delge er all information jag får. Förhoppningsvis kan jag få den lille pojken över till andra sidan, så att Elisabet får lugn och ro här.

- Tack Emanuel, det uppskattas. Vi ses om en stund, sa Fredrik och log med ett tillgjort leende. Innan Fredrik stängde dörren om sig såg han hur gubben rasslade med nyckelknippan han fått låna av Elisabet och gick bort mot dörren som ledde ner i källaren.

*Hur fan vågar han gå ner i en mörk och stor källare alldeles själv och mitt i natten? Han ser inte mycket ut för världen den lille tysken, men han är jäkligt modig i alla fall. Inte om jag hade fått tusen spänn så hade jag gått ner dit själv. Särskilt inte om jag visste att det fanns dels en osalig ande i huset och dels en ondskefull docka som verkar kunna hitta på hyss av sig själv. Fy fan! Men gubben har väl varit med förr. Han hade ju aldrig gått ner dit om han trodde att det var farligt. Det är ju bara vi som tycker det är skrämmande. Hjärnan funkar väl så, att när det är någonting okänt så tror vi automatiskt att det kan vara farligt och därmed blir det läskigt. Bara hjärnspöken alltså. Fast... det här med dockan som Emma påstod legat bakom hennes rygg. Just den biten kan hon ju inte bevisa, men jag såg ju med egna ögon på filmen hur dockjäveln gick i korridoren! Har jag blivit helt jävla tokig, eller? För jag har väl inte drömt den biten? Visserligen hade jag rökt på en stund innan, men nog var filmen äkta? Jag tror snart jag håller på att tappa förståndet i den här unkna miljön. Jag vet inte vad jag ska tro längre. Vi kanske ska titta igen på bandet där Herr Knoblauch går omkring, men bandet sitter ute i matsalen så det får vänta. Matsalen ja! Nu är inte Emanuel kvar där längre, så nu kan jag gå och hämta kaffe åt oss. Jävligt kul att gå igenom lobbyn själv, utan de andra. Men, men. Har jag haft en tuff attityd innan så får jag väl fortsätta med det.*

Han stängde dörren om sig igen när han såg att Emanuel hade försvunnit ner för källartrappan.

- Okej, det verkar som om detta tar en liten, liten stund till, Emma. Men... jag går väl och hämtar oss lite kaffe så länge. Så vi har till hemresan i natt. Har ju inget bättre för mig direkt, suckade Fredrik. Ole gav honom en uppgiven blick.

- Tack, schysst. Jag hade gärna gått med dig men det är nog bäst att jag stannar här hos Emma.

- Såklart att du ska stanna här hos syrran. Inga problem, sa Fredrik och tog motvilligt på sig skorna.

- Jag brygger ett par kannor så att det räcker både nu i natt och under bilfärden lite senare. Elisabet har säkert någon termos där ute i köket. Det tar väl en stund innan allt har runnit igenom men jag kommer så fort jag är klar, sa Fredrik och smög ut genom dörren.

- Tack brorsan, du är vår kaffehjälte, sa Emma och log tillgjort.

I korridoren utanför var det knäpptyst. På andra likande ställen brukar man ofta höra någon form av ljud, även mitt i natten. Kanske ett kylskåp som surrar, luftkonditionen, nåt surrande från en godisautomat, någon som stänger en dörr, en bil utanför. Men inte här. Här var allt kusligt tyst. Här mitt ute i ödemarken i de djupa skogarna i Dalarna var det knäpptyst. Här i den gamla pensionatsbyggnaden fanns inget fläktljud från någon ventilation eftersom huset hade självdrag, vilket kanske i och för sig inte var så konstigt. Inte heller fanns det här några elektriska godisautomater som surrade och aldrig hade det funnits sådana här heller. För ett ögonblick stod Fredrik helt stilla i korridoren utanför deras rum. *Det är så otroligt tyst här att man skulle kunna höra en knappnål falla. Mina andetag! De är det enda jag kan höra.* En tanke slog honom plötsligt. En tanke som fick nackhåren att resa sig. *Det är så tyst här att... man till och med skulle kunna höra små fotsteg från en docka...* Fredrik svalde hårt och började sakta gå mot lobbyn. Med försiktiga steg närmade han sig platsen där han visste att dockan satt på sin stol och stirrade med sina otäcka, uppspärrade ögon rakt ut i lobbyn. Fredrik skulle vara tvungen att passera Herr Knoblauch bara ett par tre meter framför honom för att nå dörren in till matsalen och det skulle vara helt omöjligt att inte få en skymt av honom om han inte höll handen för högra ögat. Han tänkte efter en för en kort sekund. *Om jag håller för ögat när jag går genom lobbyn så ser jag visserligen inte dockan, men å andra sidan så vet jag ju heller inte om den sitter kvar där på stolen. Tänk om... den har flyttat på sig? I så fall, vart är den då? På väg in till Emma och Ole igen? Fan ta dockjäveln om jag ser den närma sig*

126

*syrran och Ole! I så fall springer jag ikapp den och sparkar den allt vad jag orkar!*

Fredrik slog till sig själv irriterat på kinden. *Vad fan är det jag tänker egentligen? Har jag blivit helt jävla galen? Dockor som går av sig själv? Vad var det i den där jointen egentligen? Måste ha varit den som har påverkat mig nu ikväll. Fan, börjar dilla om dockor som går... Måste sms: a Martin senare och fråga vad han har köpt sin marijuana ifrån. Den måste vara utblandat med nåt jävla skit som får mig att hallucinera! Vad har Emma sagt till mig egentligen? Har hon verkligen sagt att en docka har legat bakom henne? Nä, det har hon ju inte! Hon har sagt att hon upplevde som om någon låg bakom henne. Det betyder ju inte att det har gjort det. Det är ju vi som har fått för oss att det är Herr Knoblauch. Det här är ju helt jävla bisarrt! Det måste vara vi som inbillar oss en massa saker. Hjärnspöken helt enkelt. Morsan hade nog rätt trots allt, de enda spöken som finns är våra hjärnspöken. Fan... Hur som helst, jag måste ta mig ut till köket och hämta kaffe. Kan inte balla ur nu, de skulle skratta åt mig på hela hemvägen om jag säger att jag inte vågar gå dit. Jag är ingen jäkla fegis, kom igen nu, Fredrik!*

Med bestämda steg och nytt mod tågade Fredrik rakt ut mot lobbyn, genom matsalen och in i köket. Han tände lyset och öppnade skåpet där kaffepulvret fanns. Med fumliga rörelser öppnade han ett nytt paket Gevalia och hällde i hela paketet i ett filter i den stora kaffebryggaren av märket Bonamat. Han trycke på ON på maskinen och bara ett tjugotal sekunder senare började skållhett vatten spridas över kaffepulvret och vidare ner i den stora kannan. Fredrik satte sig ner på en stol och pustade ut. Pulsen var hög. Det snurrade i huvudet och han visste inte längre vad som var på riktigt och vad som var hjärnspöken. Allt han koncentrerade sig på nu att försöka hålla fokus på att se till att när kaffet var färdigt, hälla över det i två stora termosar och ta sig tillbaka till de andra. Han blundade hårt medan han satt på stolen och höll händerna i bordet framför honom. Det enda han önskade nu var att han var åter på sitt rum tillsammans med de andra. En förbjuden tanke dök upp i hans huvud. *Tänk om köksdörren plötsligt öppnas på glänt och jag ser en liten äcklig jävla buktalardocka stå och stirra på mig med ett elakt flin? Vad fan gör jag då? Kommer jag att svimma eller kommer jag att skrika allt vad jag orkar? Skrika som en liten flicka? Eller tar jag en termos och dänger honom i huvudet innan jag springer tillbaka till de andra? Skärp dig nu, Fredrik! Det finns inga dockor som kan gå! Du har bara hjärnspöken! Du har bara fått i dig nåt skit i den där jointen, du kommer snart att bli normal i huvudet igen. Det tar säkert bara någon timme till innan vi är på väg hem igen. Väl hemma kommer du inse att allt är bara nonsens. All noja du har nu är helt onödigt. Bortkastade känslor av rädsla. Snart sitter vi i bilen på väg hem till Uppsala igen. Snart är vi långt ifrån det här hemska jävla stället. Kanske är det dags att byta yrke ta mig fan, det här är inte kul längre. Inte heller ska jag röka på igen. Aldrig någonsin! Man vet ju inte vad för skit som finns i den där marijuanan. Vanliga cigaretter får duga. Cigaretter och alkohol, det räcker gott och väl för mig. Fan vad jag ångrar att vi någonsin tog oss an det här fallet. Håll ut en liten stund till bara.* Aldrig hade väl en kaffekanna fyllts så långsamt som just nu. Varenda millimeters höjning av nivån tycktes ta en evighet. Men Fredrik ville gärna få med sig så mycket kaffe som möjligt så de kunde hålla sig vakna under bilfärden hem senare i natt.

# Kapitel 13

Ole såg på Emma och kramade hennes hand.

- Hur känner du dig nu?

Emma ryckte på axlarna.

- Fredrik kommer snart tillbaka med lite kaffe och innan vi vet ordet av så kommer Emanuel tillbaka och då kan vi ju sticka, försökte Ole trösta. Emma svarade inte utan stirrade bara rakt framför sig.

- Vi skulle ju kunna gå ut till matsalen och samla ihop vår utrustning. Så kommer vi snabbare härifrån, sa Ole. Emma ryckte till.

- Vi går ingen jävla stans innan Emanuel är tillbaka! Han är den ende som kan handskas med all konstig skit som finns i det här huset, snäste Emma.

- Visst, okej. Ta det lugnt, det var bara ett förslag.

Ole tittade på klockan. Den visade 00.14. Fredrik hade varit borta i över en kvart och han borde varit tillbaka nu, tänkte han.

- Vad tror du om alltihopa egentligen? Om den där Tom och dockan där ute? Tänk om allt är påhittat? Kanske Elisabet har riggat alltihop? Vem vet, vi kanske är utsatta för någon slags dolda kameran? Jag har aldrig varit närmare den där dockan än typ tre meter, tänk om den sitter fast i sådana där tunna trådar som sitter fast i armar och ben? Som gör att det ser ut som om den kan röra på sig, menar jag, sa Ole fundersamt. Emma slet sin hand ur Oles grepp och glodde argt på honom.

- Och hur fan förklarar du att jag kände någons händer på min rygg då? Antingen har du ljugit för mig eller så är det den där jävla dockan! Du såg ju själv på filmen att dockan hade flyttat sig från stolen just den tiden som du och Fredrik var ute. Du såg ju själv! Eller hur? sa Emma upprört.

- Jo, jo. Jag vet. Jag bara försöker hitta en logisk och rimlig förklaring till allt, sa Ole och suckade.

- Men vad tror vi om Elisabet då? Är hon helt sanningsenlig? Vad har hon för skum relation till dockan egentligen, fortsatte Ole. Emma ryckte på axlarna.

- Jag vet inte. Men hon verkar vara lika rädd för den som vi är. Och enligt henne så har hon ju försökt bli av med den några gånger utan att lyckas. Hon är helt enkelt fast här med dockan. Jag fattar inte om dockan och Tom är samma sak eller om de är två helt olika ting. Hittills har vi ju inte sett till Toms ande utan bara märkt av dockan. Men när Elisabet tog kontakt med oss så nämnde hon ju bara Tom och ingenting om någon konstig docka, sa Emma.

- Nä, hon kanske inte ville nämna dockan. Det kanske skulle verka för osannolikt och hon kanske var rädd att vi inte skulle vilja komma då, sa Ole.

- Tänk om det är dockan som har varit det största problemet hela tiden? Elisabet kanske har velat att vi själva ska upptäcka att så är fallet?

- Ja kanske det. Men Tom då? Är han helt ofarlig? Finns han ens?

- Bra fråga. Antagligen finns han eftersom Emanuel har varit i kontakt med honom. Och vad jag vet så har inte Emanuel upptäckt dockan i någon seans ännu.

- Det har du rätt i. Tänk om Emanuel just nu har fått veta något mer om Herr Knoblauch i seansen? undrade Ole.

- Vi lär väl när som helst få veta när gubben kommer tillbaka.

Emma reste sig och gick in på toaletten för att kissa. Ole låg kvar och såg ut genom fönstret. Endast ett svagt sken från lampan borta på annexet lös upp några höga granar på andra sidan gårdsplanen. Någonstans i närheten utanför fönstret stod deras bil parkerad. Det hade börjat regna ännu mer ute och stundtals smattrade regndropparna mot deras rumsfönster. Just när Emma kom ut från toaletten hördes en försiktig knackning på dörren. Av knackningen att döma var det absolut inte Fredrik som stod utanför. Ole gick och öppnade och utanför stod Emanuel med sin väska under ena armen. Ole inväntade med spänning på vad han hade att berätta. Just som han skulle börja prata hördes snabba steg i korridoren.

- Fredrik! Bra att du kom nu, sa Ole medan Fredrik smet förbi mellan Emanuel och dörrkarmen. I båda händerna hade han en varsin termos med färskt kaffe. Han såg en aning stressad ut märkte Emma, som tog emot den ena termosen.

- Hur har det gått för dig? undrade Fredrik otåligt medan han satte ner termosen på det lilla nattduksbordet bredvid honom.

- Tyvärr mina vänner, jag är ännu inte riktigt klar, sa Emanuel med lugn och dämpad röst.

- Inte? sa Ole.

- Hittills har det gått bra. Jag har fått kontakt med Tom. Det märks tydligt att han är en orolig pojke. Efter en lång stund förstod jag att det var någonting han vill visa mig, fortsatte Emanuel.

- Jaha? Vad har han visat dig då? undrade Fredrik, som inte längre kunde vänta, utan hällde upp en stor mugg kaffe och tog en klunk.

- Han verkar tveka på något där nere i källaren. Det är någonting där nere som han vill visa mig men det verkar som om han tvekar, så jag ville bara berätta för er att det tar en liten stund till. Jag fortsätter seansen i källaren alldeles strax, men jag behöver dricka lite vatten och ta en Alvedon, fick sådan fruktansvärd huvudvärk när jag var där nere. Den bara slog till. Men det går väl över. Så tyvärr får ni vänta en liten stund till innan jag har all information. Men om det är så att ni istället väljer att åka härifrån så förstår jag er. Klockan är över midnatt och ni har lång väg att färdas, sa gubben. Ungdomarna såg på varandra för ett ögonblick. Trots Emmas vädjande blick som inget hellre önskade att lämna pensionatet var Fredrik den som svarade för dem alla tre.

- Vi stannar. Har vi nu väntat så länge på att få alla svar så kan vi lika gärna vänta en stund till. Vad kan det ta? Trettio minuter på sin höjd? undrade han. Emanuel nickade.

- Ja, någonting sådant.

- Ja, vi gör väl det. Dessutom har vi ju kaffe nu, sa Ole och nickade vädjande till Emma, som såg både trött och sur ut.

- Då så, då går jag väl ner i källaren och fortsätter på en gång, så ses vi senare.

Emanuel vände sig om för att gå men hejdade sig.

- En sak till bara. Jag förstår er frustration och oro. Ni är rädda och oroliga och jag förstår er. Men jag skulle ändå vilja be er om att försöka tygla era känslor. Det jag gör snart nere i källaren kan bli svårt om Tom känner av er negativa energi. Det var bara det... sa Emanuel och traskade iväg bort mot källardörren. Så fort Ole hade stängt dörren efter honom kunde Emma inte länge hålla sig.

- "Tygla era känslor"? Det är lätt för honom att säga, det är inte han som haft nån äcklig jävla docka i sängen bredvid sig! snyftade hon och bet sig i underläppen så det började blöda lätt. Ole la armen om henne ömt och hon lät sig tröstas av honom medan några tårar rann längs hennes kinder. Sminket var för länge sedan förstört. Hon visste om det men brydde sig inte längre.

- Vet du vad, älskling? Nu sätter vi oss i en varsin fåtölj borta vid fönstret med en stor kopp kaffe, så inväntar vi Emanuel. Du ska se att när du har druckit upp kaffet så är han tillbaka och då sticker vi härifrån, försökte Ole trösta. Hans lugnande stämma verkade få henne att komma någorlunda till ro. Hon torkade bort tårarna med baksidan av sin handflata och gick och satte sig i den mörkbruna gamla fåtöljen av tyg medan Ole tog termosen och hällde upp åt dem. Emma tog en klunk varmt kaffe och slöt ögonen för ett ögonblick. Ole satte sig bredvid henne och smekte henne varsamt på armen i lugna rörelser. Efter några minuter var hon helt lugn, men Ole fortsatte att med långsamma tag smeka hennes lena arm. Klockan var långt in på natten och tröttheten tog snart överhand. Hennes ögonlock blev allt tyngre och andetagen blev långa och djupa. Hon önskade att Emanuel snart var tillbaka och hatade varje minut hon behövde vara kvar i huset. För att försöka få annat på tankarna började hon fantisera att de redan var på väg härifrån. Hon lät tankarna flyga iväg och försökte se sig själv sitta i deras bil. Hon såg framför sig hur hon satt i baksätet och såg ut genom fönstret. För sitt inre såg hon hur deras bil färdades på den lilla grusvägen som bakom dem ledde till det ödsliga pensionatet och hon såg hur Fredrik som körde, blinkade vänster upp mot den lite större asfalterade vägen som ledde sydost tillbaka mot civilisationen igen. Hon fantiserade om att hon kände en lättnad känsla av frihet av att äntligen få åka hem igen. Blicken fokuserades mot bilens backspegel. Hon tänkte att hon en sista gång skulle blicka tillbaka mot grusvägen där pensionatet låg. Men istället för grusvägen så såg hon de stirrande små isblå dockögonen från Herr Knoblauch. Emma skrek till och vaknade upp ur sin fantasi med ett ryck.

- Emma, vad är det? undrade Fredrik som satt på sängkanten med sin kaffekopp.

- Inget! Jag är så jäkla trött bara. Men samtidigt så rädd. Trött och rädd på samma gång. Jag känner mig så konstig, så himla utarmad av denna ständiga oro och rädsla för det här stället. Jag står snart inte ut längre! Jag tror att jag snart får en panikattack, Ole! Snälla, kan inte jag få en Sobril till? sa Emma med vädjande blick.

- Det är klart att du får. Du är nog övertrött, precis som vi andra. Ingen av oss har ju sovit särskilt många timmar de senaste dygnen. Kanske inte så konstigt att man känner sig orolig och dåsig i kroppen. Men du kör inte någonting i natt, bara så du vet det. Du kan bli ganska trött av ett sådant piller.

- Jag vet. Snälla, ge mig en nu bara, sa Emma och skakade i hela kroppen. Ole rotade i sin necessär inne på toaletten och kom strax ut med ett litet piller i handen.

- Här har du. Stackare, ta och bit på tabletten så går den snabbare ut i blodet och börjar verka inom tio minuter, sa

Ole och gav Emma tabletten. Egentligen kände han att han också behövde ta en sådan, men det var inte läge nu. Han var egentligen redan trött som det var, men samtidigt så väldigt uppspelt av en konstig oro och nervositet. Istället fyllde han upp sin kaffemugg igen och tog två snabba klunkar. Han såg på Fredrik som satt försjunken i sina tankar.

*Fan, vi måste lämna det här stället nu! Det är inte säkert att vara här. Behöver vi ens vänta på Emanuel? Egentligen inte, men vi sa ju att vi skulle det. Dessutom är det vi som ringde efter honom. Det skulle kännas fult av oss att bara dra iväg utan att säga till. Men nu har han varit borta i... snart fyrtio minuter. Vad håller han på med? Vad är det som tar sån tid? Snart skiter jag i det här! Och syrran ser ju helt förstörd ut. Det är inte rätt mot henne att stanna kvar här längre.*

- Hörni, jag tycker att vi skiter i detta nu och drar hemåt. Han verkar ju ta tid på sig där nere i källaren, sa Fredrik till de andra. Ole drog en suck av lättnad. Han ville inget hellre än att sticka härifrån så fort som möjligt, men han försökte hålla masken och inte verka räddare än vad han egentligen var.

- Jo, det är nog lika bra. Men vad gör vi med Emanuel då? Och Elisabet? Ska vi bara dra utan att säga något? undrade Ole.

- Klockan är över halv två på natten. Är det inte onödigt att knacka på hos Elisabet bara för att säga att vi drar? Nästan taskigt att väcka henne tycker jag. Vi kan lika gärna ringa henne i morgon istället, sa Emma som mer än gärna ville åka på en gång.

- Fast gubben då? Han är ju vaken och håller säkert på för fullt där nere. Honom kan vi ju inte gärna lämna utan att säga något, sa Fredrik.

- Nä det kan vi faktiskt inte. Ska vi ta och packa ihop våra saker från rummet lite snabbt och gå ner till honom i källaren och säga att vi sticker? frågade Ole. Emma reagerade direkt.

- Ner till källaren?! Jag tänker då INTE gå dit ner, det säger jag bara! Inte nu mitt i kolmörka natten, sa hon och ställde sig upp i protest. Det blev tyst för ett ögonblick och alla funderade på hur de skulle göra.

- Fredrik, om du går ner och säger till Emanuel att vi åker så lovar jag att jag kör den längsta sträckan hem. Du kan nog ropa på honom i trappan, han lär höra det. Så väntar jag och Emma här. Vi kan packa ihop dina saker med under tiden, föreslog Ole. Fredrik funderade och kliade sig i skäggstubben.

- Hmm, okej. Jag gör väl det då. Gör iordning här inne då så går jag ner och säger till honom, sa Fredrik och reste sig från sängkanten. Alla tre visste om att de hade kvar en del utrustning på övervåningen och ute i matsalen, men ingen tordes nämna det. För ingen av dem hade någon större lust att gå upp för den gamla trappan och bort längs korridoren och hämta mätutrustningen. Fredrik tog på sig sin jacka och gick motvilligt ut genom rumsdörren.

- Jag går ner till gubben nu, var beredda att sticka så fort jag kommer, sa han och kastade bilnyckeln till Ole. Dörren stängdes bakom honom med en dov duns och han stod nu själv ute i den dunkla korridoren. Han kom plötsligt att tänka på en sekvens ur filmen Terror på Elm Street, där den unga tjejen Nancy satt i skolbänken och somnade. Hon vaknade till och såg ut i korridoren. Där stod en död flicka under ett tunt vitt lakan och sträckte fram handen och sa hennes namn. Fredrik brukade fortfarande få rysningar när han tänker på den delen i filmen. Den korridor han nu stod i påminde mycket om den korridoren i filmen. Fredrik fick en klump i halsen och svalde hårt. Det var endast fem meter bort till dörren som ledde ner till källaren men det kändes som en mil med tanke på vad som möjligtvis skulle kunna dyka upp på vägen dit. En bit framför honom satt Herr Knoblauch på sin stol och om han vände sig om åt andra hållet, var han rädd han skulle se den äckliga döda tjejen från skräckfilmen. Han tog ett djupt andetag, fattade mot till sig och gick med snabba steg bort till källardörren. Nyckelknippan satt i låset på dörren. Med en bestämd rörelse drog han ner handtaget och öppnade dörren. Sval och fuktig luft strömmade emot honom. En svag ljusstråle från en lampa någonstans där nere mötte hans blick. Den var väldigt svag men tillräcklig för att lysa upp den gamla stentrappan. Så fort han hade öppnat dörren hörde han ett lågt dunkande ljud. Dunkandet var kontinuerligt och väldigt dovt och han kunde för allt i världen inte förstå vad som kunde låta där nere i källaren så här dags. Såklart att det var Emanuel som gjorde någonting där nere, men vad? Fredrik ville ogärna störa gubben om han var mitt i seansen men var samtidigt nyfiken på vad han gjorde så lät så konstigt. Med försiktiga steg tog han sig sakta ner längs trappan. Efter att han hade det tagit sista trappsteget stannade han till och lyssnade. Det dunkande ljudet var tydligare nu. Han kunde tydligt höra att det dels var ett ihållande surrande ljud samtidigt som det där konstiga långsamma dunkandet. På något sätt kände han igen ljudet. Det var bekant på något vis men han kunde inte riktigt komma på var han hade hört det någonstans. Han tittade på väggen efter en strömbrytare och hittade den tillslut. Efter en viss tvekan lät han bli att tända lyset, för han ville ju inte störa Emanuel i sitt arbete. Korridoren framför honom var lång och det svaga ljuset från något av rummen längre bort räckte inte till att lysa upp hela korridoren. Till vänster om honom lite längre fram fanns två torkrum, det visste han sedan innan. Försiktigt gick han fram till dörrarna. Båda dörrarna till torkrummen stod öppna och han kunde tydligt höra att ljudet kom längre bort.

*Var fasen är gubben någonstans? I torkrummen var han ju inte i alla fall. Kan han hålla till borta i tvättstugan? Undra om inte ljudet kommer därifrån? Javisst, nu känner jag igen ljudet! Det måste vara en tvättmaskin som låter. Men varför i hela friden håller Emanuel på att tvätta mitt i natten? Var det därför som Tom ville att Emanuel skulle komma ner till källaren? För att visa honom tvättmaskinen, eller? Nä, det verkar ju konstigt i så fall, finns ju ingen logik i det. Eller kan det vara Elisabet som tvättar såhär dags? Nä det borde det ju inte vara, hon sa ju att hon hade en annan tvättmaskin där uppe. Vad fan håller gubben på med här nere egentligen?*

Fredrik fortsatte sakta framåt längs korridoren och bort mot rummet där de två stora gamla tvättmaskinerna fanns. Ljudet blev allt starkare men lampan verkade vara släckt där inne. Ljuset som fanns i källaren verkade komma längre bort. Det luktade rent här nere och trots att inte tvättstugan hade använts på så många år kändes doft av tvättmedel ju närmare tvättmaskinerna han kom. Han vände sig oroligt om för att försäkra sig att ingen var bakom honom, sedan tog han ett par steg fram igen tills han kom fram till tvättstugedörren.

- Hallå?

Fredrik stack försiktigt in huvudet genom dörren. Det var helt mörkt där inne.

- Emanuel? Är du här? sa Fredrik med låg röst, men han fick inget svar. Ögonen började nu vänja sig vid det svaga ljuset och han kunde ana att den närmaste av tvättmaskinerna var igång. Bullret från maskinen var riktigt kraftigt nu och han riktigt hörde hur vattnet yrde runt där inne. Han förstod att Emanuel måste vara i något av de andra rummen längre bort, men blev nyfiken på vad som låg i tvättmaskinen som kunde dåna och väsnas så. Med sin vänstra hand sökte han efter strömbrytaren på väggen, hittade den och tryckte på knappen. För ett par sekunder blev det för ljust för hans ögon och han var tvungen att kisa. Han kunde nu se att tvätten snurrade runt för fullt inuti maskinen. Den dånade och bullrade så pass att den till och med rörde sig lite grann. Fredrik blev irriterad av ljudet och tänkte försöka stänga av den så att han kunde höra Emanuel ifall han skulle svara om han ropade på honom. På väggen snett bakom maskinen satt en stor strömbrytare, vilken Fredrik gick fram och tryckte på. Maskinen stannade tvärt. Fredrik satte sig på huk framför den för att titta in genom den stora glasluckan. Han kupade sina händer och satte dem runt ögonen och satte ansiktet emot luckan för att kunna se vad för slags tvätt det var som kunde dåna så pass mycket där inne.

Åsynen av Emanuels deformerade och uppsvällda ansikte som låg hårt pressat mot glasluckan fick honom att vråla allt vad han orkade. Varmvatten blandat med starkt tvättmedel hade tärt hårt på gubbens kropp. Ögonen hade frätts bort nästan helt och hållet. Munnen var halvt öppen och tungan såg ut att saknas. Synen av den sargade kroppen gjorde att Fredrik fick en chock. Han slängde sig av ren reflex baklänges så att ramlade på ryggen. Flämtandes såg han nu att han hamnat i en stor pöl av blod.

Han försökte komma på upp på fötter så fort han kunde men halkade två gånger på det klibbiga betonggolvet. Skrikandes försökte han en tredje gång innan han lyckades ta sig upp igen och sprang sedan tillbaka upp från källaren så fort han bara orkade.

## Kapitel 14

Emma och Ole hade precis packat ihop deras sista saker i resväskorna och satt sig i en varsin fåtölj på rummet när de hörde ett illvrål utanför i korridoren. De hörde att det var Fredrik och skyndade mot dörren för att möta honom. Innan Ole hann komma fram till dörren, slet Fredrik upp den från andra hållet.

- För helvete, vi måste härifrån! Nu! skrek han och såg fullständigt förstörd ut av skräck. Hans ögon var uppspärrade och tårfyllda. Men viftande armar gjorde han rörelser att de ska följa med honom.

- Jaja, vi kommer. Vad är det som har hänt? undrade Ole.

- Gubbjäveln är död! Vi måste åka härifrån och det är nu! Han låg i tvättmaskinen när jag kom ner, skrek Fredrik hysteriskt. Emma stod med två resväskor och verkade inte fatta vad han nyss sagt.

- Släpp väskorna och skynda er fort som fan! skrek han på nytt. Emma gjorde som han sa och fattade krampaktigt tag om Oles arm medan de sprang ut från rummet, ut till lobbyn och ut genom den stora ytterdörren.

- Ole, är det dockan som har dödat Emanuel? Är det det?! Ska den döda oss med nu?! skrek Emma medan de sprang så snabbt de kunde. Men Ole svarade inte utan bara fortsatte mot ytterdörren.

Allt gick så otroligt fort. Det hade tagit ett par sekunder för Emma att förstå vad som hade hänt. Hon var bara en hårsmån från hysteri just nu och hennes ögon tårades såpass att hon hade svårt att se vart hon sprang. Fredrik var den som kom först ut genom dörren. Ole kom efter med sin resväska i ena handen och Emmas hand i den andra. Emma snubblade på ett av trappstegen och ramlade i gruset. Ole tappade taget om hennes hand. Det började blöda om hennes ena hand när det vassa gruset skrapade upp huden och hon svor högt. Ole släppte resväskan och tog tag i Emma med båda händerna och reste henne upp. Fredrik låste upp bilen och hann sätta sig i förarsätet innan Ole och Emma var framme vid bilen. Med darrande hand försökte han få in bilnyckeln i tändningslåset men darrade för mycket.

- Fan! Fan! Fan! skrek han och tappade nyckeln ner på bilmattan. Ole slet upp bakdörren och föste in Emma och satte sig sedan själv bredvid.

- Starta biljäveln nån gång då! skrek Ole och såg sig om bort mot huset. Emma skrek av förtvivlan och hulkade av all gråt. Till slut fick Fredrik in bilnyckeln och vred på tändningen, men bilen startade inte.

- Vad fan gör du?! Starta biljäveln nån gång då! skrek Ole. Fredrik vred om nycken på nytt men det var bara startmotorn som lät, bilen startade inte denna gång heller. Han svor en lång ramsa och försökte en tredje och en fjärde gång.

- Jag försöker ju för helvete, men ingenting händer! Jag får inte igång den! Emma tog tag i stolsryicken på förarstolen och skakade så hårt hon bara orkade och skrek åt Fredrik desperat.

- Men kör då för i helvete Fredrik! Kör!!!

- Det går ju inte säger jag ju! skrek han tillbaka. Ole tog upp sin mobil ur fickan.

- Jag ringer 112!

Med intensiv blick stirrade han på displayen. Han väntade ivrigt på att komma fram, men allt som hördes var en hänvisningston.

- Vad i helvete! Jag får inget svar. Testa med era mobiler då för fan! skrek Ole. Fredrik och Emma ringde 112 samtidigt med sina mobiler men hörde bara en hänvisningston. Fredrik slängde ursinnigt sin mobil i instrumentbrädan så att displayen sprack. Den studsade och landade på passagerarsidans golv och glassplitter flög iväg runtom i bilen.

Det tog några minuter innan den värsta paniken hade lagt sig. Emma hade skrikit så att hon var alldeles hes. Nu satt hon tillbakalutad och hyperventilerade medan hon höll krampaktigt i Oles hand, men hon sa ingenting. Det gjorde inte de andra heller. Bilrutorna hade blivit immiga och Fredrik satt och huttrade i den kalla bilen. Han var i chocktillstånd och stirrade bara rakt fram. Ytterligare tio minuter gick innan någon sa något. Det var Ole som först öppnade munnen.

- Jag har sett att det finns en vanlig bordstelefon inne vid receptionen...

Emma svarade inte. Fredrik stönade och mumlade något ohörbart. Ole försökte igen.

- Vi har nog inget val. Vi måste ta oss in igen och försöka ringa polisen från telefonen i receptionen, sa han och såg på Fredrik.

- Fan också! Vad har vi för alternativ? Kan vi inte springa in till stan härifrån? undrade han och vände sig om mot Ole, som skakade på huvudet.

- Det är kolsvart ute och grusvägen är inte upplyst. Vi skulle inte ens kunna se foten framför oss om vi försöker. Vi skulle kunna lysa med mobilens lampa i och för sig, men mitt batteri har bara sex procent kvar. Dessutom är det säkert sex, sju kilometer till närmaste hus härifrån, suckade han. Emma böjde sig framåt och förde sin hand ner mot foten. Den var svullen och tjock som en halv tennisboll på yttersidan av fotleden.

- Jag har...nog...jag har nog stukat foten, sa hon och fortsatte med att hyperventilera och var alldeles blek i ansiktet. Ole böjde sig över henne och tittade på hennes fotled.

- Fan vad svullen du är! Den har du verkligen stukat till ordentligt. Blev det när du föll i trappan innan? frågade han och Emma nickade till svar.

- Helvete också, då kan vi glömma idén om att ta oss till fots härifrån.

- Gör det mycket ont? undrade Ole oroligt.

- Jag vet inte... sa Emma och fortsatte stirra rakt fram med uppspärrade ögon.

- Fredrik, jag tror inte Emma mår så bra...

- Vem fan gör det! snäste Fredrik.

- Jag menar på riktigt, alltså. Hon ser konstig ut och är inte så kontaktbar. Dessutom är hennes fot illa däran, vi måste få hjälp så snart som möjligt nu. Vi måste gå in och ringa från telefonen där inne, sa Ole bestämt.

- Jo. Ja. Vi måste väl det. Vi måste ta oss in till den där helveteshålan igen. Om man ändå hade haft någon form av vapen, sa Fredrik och snörpte på munnen som om han funderade på något.

- Fälgkorset! utbrast han plötsligt.

- Vi har ett fälgkors i bakluckan. Jag tar med mig den. Bättre än ingenting. Kom nu så vi får det här överstökat, sa han och öppnade bildörren och gick runt och tog ur fälgkorset ur bagageluckan. Ole strök bort några tårar från Emmas kind.

- Älskling, vi måste tyvärr gå in i huset igen och ringa från telefonen där inne. Vi måste. Men jag bär dig. Kom nu, sa Ole och öppnade sin bildörr och gick snabbt över till andra sidan för att öppna Emmas dörr. Emma fortsatte bara att stirra rakt fram, men reste sig ur bilen när Ole drog lätt i hennes arm. Hon stönade till när hon försökte sätta ner sin onda fot i backen.

- Försök att hoppa upp på min rygg, sa Ole och hukade sig något framför henne. Hon gjorde som han sa och med lugna steg började de alla tre ta sig tillbaka igen mot huset. Fredrik gick först med fälgkorset med utsträckta armar. Hela tiden sökte han med blicken runtomkring dem efter dockan men såg den ingenstans. Med stor möda tog sig Ole upp de fyra trappstegen upp till dörren med Emma på sin rygg. Båda grabbarna kunde konstatera att stolen där Herr Knoblauch brukar sitta var tom, men det kom inte som någon överraskning för dem. Fredrik sprang fram till receptionsdisken och lyfte på telefonen för att ringa, men märkte snabbt att det inte skulle fungera. Sladden till telefonen var avklippt en decimeter från luren.

## Kapitel 15

Fredrik slog med hårda slag i receptionsdisken med den trasiga telefonen och skrek ursinnigt.

- Satan också! Det är den där jävelns fel, jag lovar! skrek han och pekade på den tomma lilla stolen borta i hörnet. Ole sparkade på dörrkarmen in till matsalen i frustration, men Emma stod bara stilla och såg apatisk ut.

- Var fan håller Elisabet hus någonstans? Hon borde ha vaknat av allt tumult, sa Ole. Fredrik bara fnös åt hans kommentar.

- Skit i henne. Vad kan hon göra åt allt detta? Ingenting, fattar du väl! sa Fredrik. Han lugnade sig för ett ögonblick och började dra fingrarna genom skäggstubben.

- Vänta lite nu, jag har sett en annan telefon någonstans här på pensionatet. Ole, visst har vi sett en telefon här någonstans? En gul vill jag minnas, men var?

- Annexet! Vi såg en på annexet häromkvällen när vi gick runt och snokade, sa Ole. Emma stod mest stilla och stötte sig mot Ole och jämrade sig lågt. Hon började nu få väldigt ont i foten. Den hade svullnat ytterligare lite till. Fredrik gick fram till Emma och tog hennes hand.

- Lilla älskade syrran! Vi ska fixa det här, jag lovar. Jag ska ta oss härifrån om det så är det sista jag gör. Stackare, jag ska ta dig till en doktor, men vi måste först hitta en telefon som fungerar. Jag springer ut till annexet och ser efter om den telefonen funkar. Sätt er ner inne i matsalen så länge så kommer jag så fort jag kan, sa Fredrik.

- Okej, vi gör så. Glöm inte att ta med dig fälgkorset, sa Ole nervöst. Fredrik som höll fälgkorset i vänster hand höll upp det högt i luften.

- Jag kommer att slå på allt som rör sig! sa han högt och började gå mot utgången.

- Kom, Emma. Vi går in och sätter oss ner inne i matsalen och väntar på Fredrik. Du behöver sitta ner en stund. Jag ska hjälpa dig att lägga din onda fot i högläge så att den inte svullnar mer, sa Ole medan de sakta linkade in till matsalen. Han satte försiktigt ner Emma i en mjuk fåtölj och lyfte upp hennes ben på bordet, sedan tog han prydnadskudden som låg i soffan bredvid och la den under hennes fot. Han satte sig sedan bredvid henne och fattade hennes ena hand. Klockan visade 02.24. Emma sa fortfarande ingenting, men tårarna fortsatte rinna ner för hennes kinder emellanåt. Ole kände hur han började bli hungrig och han visste att det fanns mat ute i köket bara några meter ifrån honom, men han tänkte inte lämna Emma ensam för en sekund där på pensionatet. Istället satt han på helspänn och lyssnade efter ljud. Fredriks fotsteg utanför i gruset hade för länge sedan ebbat ut. Återigen var det alldeles dödstyst överallt. Han kunde höra sina egna, alldeles för snabba andetag. Minuterna gick.

*Fredrik borde ha varit tillbaka nu. Det måste ha gått tio minuter sedan han gick. Är det ett bra eller dåligt tecken att han inte är här ännu? Kan det vara så att han har fått tag på en polis som inte vill att han ska lägga på? Polisen kanske behöver ha hjälp med att hitta hit och har bett honom att förklara hur man åker till pensionatet? Eller har det hänt något där ute? Har han ens kommit så långt som ut till annexet? Tänk om han stötte på dockan där ute? Fast jag borde ha hört om han hade skrikit. För visst hade han gjort det om han hade behövt hjälp? Fan också! Vad ska jag göra? Vad kan jag göra, förutom att sitta här och försöka trösta Emma så gott det går? Borde jag lämna henne och försöka gå ut och hitta Fredrik? Om det händer mig någonting här nu, kommer mamma och pappa bli arga på mig då? De ville ju aldrig att jag skulle hålla på med sådant här. De tror ju inte på det övernaturliga och tycker ju jag ska skaffa mig ett vanligt jobb istället.*

Han fick en klump i magen när han tänkte på vad hans pappa hade sagt för ett tag sedan. *"Inte nog med att du lämnar oss och flyttar till Sverige, du skaffar dig en oseriös hobby som du försöker tjäna pengar på."* Sedan hade han bara skakat på huvudet åt Ole. Han hade alltid haft dåligt samvete över att han stått på sig och försökte göra någonting seriöst av Project Ghostlights, men han ville så gärna visa sina föräldrar att de hade fel, att det visst går att tjäna pengar på detta. Vad visste väl föräldrarna om poddar, Youtube-kanaler och sponsring? Ingenting! Han torkade en tår under ögat och svor tyst. Han började darra lätt på underläppen.

Nervöst nopprade han små hudflagor från fingrarna medan han funderade. Han sneglade på Emma och kände på hennes panna med utsidan av handen. Hon var iskall och verkade inte reagera på någonting längre. Han tittade återigen på klockan. Den visade 02.49. Fredrik hade varit borta i snart en halvtimme nu och han förstod att Fredrik inte skulle komma tillbaka. Det hade hänt honom något. Nu kom även rädslan på riktigt på Ole. Han var rädd innan men det var ingenting mot vad han var nu. Han satt i en mörk gammal matsal på ett pensionat mitt ute i skogen där någon eller något gick omkring och mördade folk. Den enda tröst han hade var en apatisk flickvän som satt onåbar bredvid honom. Han började inse att det nu bara var en tidsfråga innan han och Emma också skulle dö, precis som Emanuel och Fredrik. Men frågan var på vilket sätt de skulle dö på? Han längtade hem till sin mamma och pappa hemma i Hamar i Norge och han förstod att han aldrig mer skulle få se dem. Tårarna rann när han tänkte tillbaka på tiden hemma i Hamar och han snörvlade och svor tyst för sig själv. Han tänkte på sin uppväxt i olika åldrar och på sin bror och på sina föräldrar. Ju mer han tänkte på alla fina minnen han hade från förr, ju mer tårar rann längs hans kinder. Då och då klämde han lätt i Emmas hand.

Klockan 02.58 hände något. Ole ställde sig upp och spetsade öronen. Ett svagt visslande hördes utifrån lobbyn. Ole sträckte på ryggen och kupade handen och höll den vid örat för att kunna höra tydligare. Ännu en gång hörde han en svag vissling men även ett annat ljud.

*Kan det vara Fredrik?! Är det Fredrik som kommer tillbaka? Är han skadad? Försöker han kommunicera med mig? Vad är det för ljud egentligen?*

Ännu en gång hörde han det visslande ljudet, men nu hörde han det andra ljudet också. Men det lät inte som Fredrik. Ole rös i hela kroppen. Han hade hört ljudet tidigare idag. Det lät precis som ett fnissande, som kanske skulle kunna komma från ett barn. Eller möjligtvis från en liten buktalardocka.

## Kapitel 16

Ett och ett halvt dygn senare. Klockan var nio på morgonen. En polisbil från Leksand hade fått larm om tre personer som har rapporterats som saknade. Personerna ifråga gäller Fredrik Pettersson, 23 år, Emma Pettersson, 19 år och Ole Jacobsen, 19 år. Alla tre ska enligt mamman till två av ungdomarna, ha åkt till ett pensionat som ska ha legat i utkanten av Insjön i Dalarna. De två poliserna Maja Danielsson och Håkan Krafft hade fått information om att de saknade ungdomarna hade åkt till Pensionat Blåklockan för några dagar sedan för att göra en dokumentär till deras företag, Project Ghostlights, där de försöker dokumentera paranormala fenomen och sedan lägga ut på social media. Det senaste mamman till de två syskonen Fredrik och Emma hade hört ifrån dem var för tre dagar sedan, då Emma skickade ett sms. I det stod det att de hade kommit fram och att stället de befann sig på var kusligt och att hon önskade att de snart skulle vara klara så de kunde åka hem till Uppsala igen. Efter det hade mamman skickat sms och ringt åtskilliga gånger till båda syskonen men inte fått svar. De sista gångerna hon hade ringt hade hon bara fått hänvisningston. Hon hade även försökt få tag på Emmas pojkvän och tillika delägare i Project Ghostlights, Ole Jacobsen men inte heller där fått något svar. När mamman inte heller lyckades ringa på det nummer till pensionatet som fanns på Eniro, kontaktade hon polisen då hon började ana oråd.

Håkan var den som körde polisbilen, Maja satt bredvid. Tolv minuter efter att de hade lämnat polisstationen svängde Håkan av väg 70 och in på en mindre grusväg utanför Insjön strax söder om Leksand. Maja pillade på dörrhandtaget medan hon tittade ut genom fönstret.

- Pensionat Blåklockan... Det var inte igår man var där. Har du varit där? undrade hon och såg på Håkan.

- Jodå, när jag var grabb så var jag där med mina morföräldrar vill jag minnas, sa Håkan.

- Vad minns du om stället?

- Inte mycket. Det var så länge sedan nu. Men jag har för mig att det var ganska trevligt där. God mat och mycket att göra för oss barn. Jag har för mig att jag var ute i trädgården och lekte lekar med andra barn. Tror att stället hade en lekledare där eller nåt. Du vet en sådan där hurtig och överglad jävel, sa Håkan.

- Synd att inte verksamheten finns kvar längre. Är det inte underligt att tre ungdomar som bor i Uppsala åker ända hit, till ett övergivet pensionat? Kan mamman till dem ha fattat fel? Kan hon ha gett oss fel uppgifter? undrade Maja.

- Stället är inte alls övergivet. Den gamla ägarinnan bor kvar där ännu. Det är i alla fall vad jag har hört. Det sägs att det spökar där ju. Det är antagligen det som har lockat dem att åka ända hit. Ungdomar, de ska alltid söka spänning, suckade Håkan och svängde av på nytt på en ännu mindre grusväg. Vid vägskälet fanns en gammal skylt med texten "Pensionat Blåklockan 2 km."

- Så du tror att de kan vara här? undrade Maja.

- Skulle inte förvåna mig om de är kvar här. De är säkert så uppe i att försöka fånga några jävla spöken på film att de glömt att svara sin morsa. Vänta du bara, jag ger mig fan på att vi hittar dem uppe på vinden med en massa konstiga prylar och lär skita på sig ner de ser två uniformerade poliser. Eller också kommer vi och stör i värsta sexorgien, sa Håkan och flinade brett. De körde längs den långa allén som ledde till pensionatet. Maja pekade rakt fram.

- Titta! Där är deras bil! En vit Volvo S40 med någon stor logga på, sa hon uppspelt.

- Då har vi inte åkt ut till det här stället i onödan då. Kolla! Det är som jag minns det. Fast mycket mer nergånget nu. Där är den där brunnen, den känner jag igen. Jag minns att morfar varnade mig för att gå i närheten av den, för det fanns inget lock på den. Fan vad förfallet det har blivit, sa Håkan och parkerade radiobilen bakom Volvon.

- Ja, det är synd att ingen har skött om stället. Det ligger ju annars ganska fint. Jag kan tänka mig att det kan vara mysigt här om somrarna. Men så här på senhösten är det verkligen inte inbjudande, sa Maja och såg skeptisk ut. Medan de gick på grusgången och upp mot ytterdörren läste Håkan i sina anteckningar.

- Hon som bor här ska tydligen heta Elisabet Hagström. Mamman till ungdomarna fick alltså inte tag på Elisabet. Undra varför? Äger hon ingen telefon eller, skojade Håkan och ringde på dörrklockan. Det visade sig att dörrklockan var trasig. Istället knackade han några gånger på ytterdörren med handen. Det dröjde en stund innan han knackade ytterligare en gång, men ingen kom och öppnade.

152

- Hon kanske inte hör. Det är en stor byggnad, hon kanske är i andra änden, sa Maja och tog ett par steg tillbaka och såg på den stora byggnaden. Håkan blev otålig och tog tag i dörrhandtaget. Det var olåst och dörren öppnade sig. Försiktigt klev de in i vad som verkade vara själva lobbyn på pensionatet. Båda poliserna la direkt märke till den unkna luften som mötte dem.

- Hallå, det är polisen! ropade Håkan högt men fick inget svar. Maja såg sig omkring. Framme till vänster fanns en reception. De mörka väggarna pryddes av tavlor med gamla svartvita motiv. Hon tog några kliv in i lobbyn. Det gamla slitna fiskbens-mönstrade ekgolvet knakade. I lobbyns högra hörn kunde hon se att det satt en stor docka på en stol med stora, uppspärrade isblå ögon. Hon kunde inte låta bli att gå fram till dockan och se på den på nära håll. Hon kände igen den typen av docka och såg direkt att det var en den typen som man kunde stoppa in en hand bak på ryggen så det som ut som den kunde tala.

*Vem fan sätter en ful gammal docka mitt i en lobby? Verkligen osmakligt.* Maja tyckte den såg en smula obehaglig ut och en aning malplacerad. Den fick henne att tappa fokus för ett ögonblick, men hon tog sig samman och reste sig upp igen och tog några steg vidare in mot vad som hon misstänkte var någon sorts matsal eller sällskapsrum.

- Hallå, det är polisen! Är det någon här?! ropade hon högt men fick fortfarande inget svar. Håkan ropade på henne en bortifrån korridoren.

- Maja! Kom lite! ropade Håkan som stod vid dörren som ledde ner till källaren.

- Jag tror vi börjar nere i källaren. Den här dörren stod på vid gavel. Borde inte en källardörr vara stängd? sa han och såg på sin kollega.

- Det kan man ju tycka. Kom vi går ner, sa hon och tog täten. En konstig lukt slog emot dem halvvägs ner för trappan, men hon kunde inte riktigt sätta fingret på vad det var. Svaga ljusstrimmor från de små källarfönstren strålade in i källaren.

- Det är polisen! Finns det någon här? Fredrik? Emma? Ole Jacobsen? ropade Håkan och gick sakta framåt. Han tvekade om han skulle dra sitt tjänstevapen eller inte, men lät till slut pistolen vara kvar i hölstret. Maja tittade försiktigt in i alla dörrar. De flesta av rummen var tomma, en del innehöll staplade kartonger och ett par cyklar av äldre modell. En dörr längre bort till vänster stod vidöppen. Håkan gick först in i tvättstugan och märkte till en början ingenting. Han tänkte precis gå ut när Maja gav till ett flämt.

- Herregud, det ligger en människa i tvättmaskinen! skrek hon. Håkan drog sitt tjänstevapen i ren reflex och vände sig blixtsnabbt om. Han böjde sig hastigt ner och såg in genom glasrutan till tvättmaskinen.

- Helvete också! utbrast han och satte handen på sin RAKEL-enhet.

- Ja det är 2740 Krafft här, kan ni skicka två extra radiobilar till Säterglänтан 7 utanför Insjön på en gång! Ja precis, pensionatet. Vi har en död person här, minst, sa han allvarligt. Det sprakade i RAKEL-enheten och en kvinna från Polisens sambandscentral svarade på anropet.

- Ja det är uppfattat. Två radiobilar skickas omgående och är på plats om tio-femton minuter.

Maja hade också dragit sitt tjänstevapen och gick först ut från tvättstugan. Hon osäkrade vapnet och vek av till vänster. Hennes puls rusade till en bra bit över hundratrettio. Håkan säkrade de två sista dörrarna på andra sidan korridoren och någon minut senare gick de sakta upp för trappan igen med osäkrade vapen. Det var ingen idé att ropa efter ungdomarna längre. Snart stod de båda två i lobbyn igen, men Maja kände på sig att någonting här var förändrat.

- Håkan, det satt en stor docka här på stolen innan. Vart fan tog den vägen?
- Vad då för docka?
- Jag kan svära på att jag såg en docka på stolen där nyss, sa hon. Han såg på henne och rynkade sin panna som om hon var knasig.
- Docka? Vad pratar du om? Vi kan inte bry oss om dockor nu, skärp dig nu för fan! Vi är mitt uppe i ett mordfall här, svarade han irriterat.

Innan de två andra polisbilarna hade anlänt, fann Håkan och Maja ytterligare två kroppar ute i köket. Ole låg på köksgolvet med en förskärare kvar i halsen. Nästan hela golvet var täckt av mörkt blod. Emmas båda ögon fanns inte längre kvar i hennes ögonhålor. Delar av hennes tarmar var utdragna flera meter ifrån kroppen. En halvtimme senare fann man Elisabet uppe på vinden, hängd i en snara. Det tog ytterligare två timmar innan en poliskollega fann Fredrik på botten av gårdsbrunnen. I hans hals hade någon tryckt ner ett fälgkors.

Två veckor efter händelsen på Pensionat Blåklockan tog kriminalinspektör Maja Danielsson livet av sig med hjälp av ett stort antal sömntabletter och alkohol hemma i sin lägenhet i Leksand. På rumsbordet hade hon lämnat ett avskedsbrev där hon hade skrivit osammanhängande meningar om en talande docka med stora stirrande ögon som hade övertalat henne att ta sitt liv. Ingen kopplade ihop hennes självmord med morden på Pensionat Blåklockan och ingen hade heller sett någon docka på pensionatet. Totalt hittades fem kroppar på pensionatet. Ännu idag är fallet med Fredrik och Emma Pettersson, Ole Jacobsen, Elisabet Hagström och Emanuel Bauer ouppklarat.